CHAPITRE PREMIER

À la grande table de conférence, face à Kate Fansler comme à ses côtés, il n'y avait que des messieurs. Des regards croisaient le sien. Elle était sans état d'âme. L'autre femme de la commission, Noire et en permanence débordée, était absente ce jour-là. Elle était très sollicitée et faisait partie de tant de commissions qu'il lui arrivait d'être convoquée à plusieurs réunions à la fois.

Laissant son regard vagabonder sur ces visages masculins, rompus depuis des lustres à dissimuler l'agacement mais non l'ennui, Kate se faisait la réflexion que cette décennie serait pour elle marquée par ces réunions interminables : des escadrons d'universitaires — une écrasante majorité d'hommes — gravement assis autour d'immenses tables et censés délibérer de l'avenir problématique de l'enseignement supérieur et de l'univers académique. Parfois, Kate songeait à son épitaphe : « Championne du monde des jetons de présence. » Des angelots androgynes flotteraient au-dessus, indifférents.

À cinq heures pile, elle se leva de sa chaise, sa fausse excuse toute prête. L'un de ces messieurs, elle le savait, la suivrait dans quelques minutes; simple question de moyen de transport. Sa propre raison de tirer sa révérence était plus prosaïque : elle n'en pouvait plus de toute cette pompe, de toutes ces phrases creuses et ampoulées. Une minute de plus et elle risquait d'exploser. Son départ passa pour ainsi dire inaperçu, hormis un ou deux signes d'adieu pour la forme. Si vraiment l'avenir sortait de ces palabres, elle espérait qu'au moins il serait meilleur sur un point : moins de commissions, moins de comités, moins de réunions passées à brasser du vent.

Sitôt dehors, elle se sentit revivre. Elle allait rentrer directement chez elle, boire quelque chose, décompresser. Avec un peu de chance, une lettre l'attendrait, une lettre de Reed qui bourlinguait à travers le monde, colportant la bonne parole en matière de police judiciaire. Oui, il y aurait peut-être une lettre, s'il avait jugé bon d'en écrire une et si les postes avaient jugé bon de l'acheminer... Mais comme le rappelait, dans les toilettes pour dames, un petit mot collé sur un miroir, l'important était d'espérer : « Ayez confiance en Dieu, elle pourvoira. » Kate sourit et rentra chez elle.

Un verre à la main, laissant la journée se décanter peu à peu en elle, Kate songeait qu'en ce qui la concernait, Dieu avait pourvu largement. Elle était la première à le reconnaître. Issue d'une famille fortunée, elle avait tiré parti des avantages de sa condition et trouvé le moyen d'en esquiver les inconvénients. Résolue à faire carrière — prétention farfelue dans son milieu — elle était parvenue à ses fins, réussissant même à obtenir une chaire de littérature dans une prestigieuse université new-yorkaise. Sur le tard — du moins au regard des statistiques — elle avait épousé un homme qui s'offrait plus en compagnon de route qu'en séducteur énamouré. Ni l'un ni l'autre n'avaient envisagé le mariage comme une succession sans fin d'étreintes fiévreuses et de dîners en ville. À l'époque où Reed Amhearst était entré dans sa vie, il était dans la police judiciaire, assistant du District Attorney. Il officiait toujours dans cette noble institution mais, depuis quelque temps, ses efforts s'orientaient plutôt sur les moyens de conférer à la force publique un visage humain. Son présent séjour en Afrique avait lieu dans cet esprit — la cause lui tenait à cœur. Après des semaines sans lui, à cette heure de la journée, Kate guettait encore ses pas.

Ses états d'âme, elle s'en rendait compte, étaient au fond un peu la rançon de sa réussite dans la vie. L'absence de défis à relever engendrait la déliquescence, c'était bien connu. Ou plutôt l'anomie, pour parler juste. Bizarre, se disait Kate en contemplant la fenêtre, le temps qu'il faut, dans une vie, pour saisir cette évidence : chaque fois qu'on tend vers un objectif — un emploi, une histoire d'amour, le mariage, une publication — on est persuadé qu'une fois le but atteint on connaîtra le bonheur enfin, le bonheur à vie ; mais l'expérience prouve qu'il n'en est rien. On a beau s'efforcer d'apprécier ce que l'on a — la santé, la fortune, des loisirs, une chambre à soi — on se reprend à soupirer, à fureter, à chercher avec fièvre ce que l'on pourrait bien désirer encore. N'était-ce pas justement pour échapper à ces ténèbres au sein desquelles, selon l'Ecclésiaste, tout désir vient à manquer, qu'elle s'était fait une spécialité de l'énigme criminelle ? Reed n'y était pas étranger, bien sûr. Ses talents de détective, cela dit, il y avait déjà un certain temps qu'elle n'avait pas eu l'occasion de les exercer. Elle s'interdisait de le regretter. On n'appelait pas les cadavres de ses vœux ! Le monde avait son compte de violence. Mais alors, qu'espérait-elle donc ? Reed, lui au moins, agissait. Elle, elle passait le plus clair de son temps assise à des tables rondes. Pour la première fois de toute une vie consacrée au langage et aux idées, il lui venait des doutes sur les deux.

Elle s'intima l'ordre d'aller porter son verre dans l'évier et de se préparer à dîner. Anomie, se sermonnait-elle, battant des œufs à la fourchette. *Aboulie* plutôt, comme disent les Français. *Absence morbide de volonté*. Trêve de sottises, conclut-elle, décrochant sa poêle à frire. Si tu continues, tu vas ressembler à l'une de ces héroïnes de George Eliot dont tu discours à longueur d'année, une de ces pauvres âmes dépourvues de but dans l'existence. D'ailleurs, au fond, tu sais bien : Aie confiance en Dieu, Elle pourvoira.

Kate les repéra du fond du couloir dès qu'elle eut passé le coin. L'inconnue était adossée contre la porte de son bureau dans une posture d'attente patiente. À ses pieds, assis sur son arrière-train mais frémissant du désir de fuir, un gros chien blanc du genre bull-terrier laissait pendre une langue de deux aunes. Un chien de dessin d'enfant. Kate se souvint vaguement de l'affichette qui spécifiait, à l'entrée du bâtiment : « Interdit aux chiens. »

— Vous êtes Kate, dit l'inconnue.

Question ou affirmation ? Mystère. Kate fit oui du menton, tout en cherchant sa clé. Le chien sauta sur ses pattes avec une ardeur ambiguë.

— Couchée, dit la femme d'un ton neutre. Dites, je pourrais vous voir une minute ? Avez-vous peur des chiens ? Je peux laisser Jocasta dehors.

— Entrez, dit Kate en poussant la porte. Et... euh, Jocasta peut venir aussi.

Elles entrèrent toutes trois — la chienne avec plus d'empressement que de gratitude, nota Kate.

— Merci, dit sa maîtresse pour elles deux, sans doute.

Elle retira sa parka matelassée, révélant un tee-shirt orné d'un portrait de Virginia Woolf sur un pantalon de garçon boucher. De longs cheveux raides lui mangeaient le visage, que de grosses lunettes achevaient de dévorer. Chacun de ses gestes était ample et carré, toute féminité sciemment abolie. Elle devait frôler la quarantaine, peut-être l'avoir dépassée. Et alors, qu'est-ce que ça peut faire? songea Kate agacée de s'être posé la question.

— Asseyez-vous, je vous prie.

— Je m'appelle Joan Theresa, annonça la visiteuse en se laissant tomber dans le fauteuil à côté du bureau de Kate. Couchée, Jocasta, tu m'entends? On reste couchée.

La chienne s'assit sur son derrière, laissa glisser ses pattes de devant, rigoureusement parallèles, et adopta une position de sphinx. Rien à redire, elle était couchée. On devinait chacun de ses muscles tendu à l'extrême : son regard ne quittait pas Kate.

— Vous ne me connaissez pas, poursuivait Joan. J'habite Cambridge, Massachusetts. Nous y avons un café, rue Hampshire. *La Prochaine Fois Peut-être*, c'est son nom. Jocasta, j'ai dit : Cou-chée ! Et tu restes couchée ou sinon, retour aux croquettes. Désolée... (Elle revenait à Kate.) Vous lui faites un peu peur, je crois. Enfin, pas vous, mais cet endroit. Vous devez vous demander ce que je suis venue faire ici.

— Vous comptez peut-être vous établir ici? s'enquit Kate. Vous inscrire à l'université?

— Dans cette connerie d… ? Oh ! pardon ! Je ne voulais pas… Non, c'est vous que je suis venue voir. Un service qu'on m'a demandé de rendre.

Kate sortit son paquet de cigarettes.

— Permettez ?

— Euh, non, désolée, la fumée me rend malade.

Kate rengaina ses cigarettes.

— Que puis-je faire pour vous, à part ne pas fumer et ne pas faire peur à la chienne ?

— Navrée, ce n'était pas pour vous insulter. On m'avait bien dit qu'avec vous il fallait que ça marche droit. Vous vous appelez Kate Fansler. Fansler, c'est le nom de votre mari ?

— Non. C'est celui de mon père. Je gage que Theresa est le nom de votre mère.

— Pas mal vu, dit la visiteuse. J'aime comme vous dites ça.

Quelque chose en elle se détendit, et la chienne l'imita aussitôt. Rien d'ostensible, juste un peu de raideur en moins. Jocasta posa le menton contre le sol. Cela dit, Kate le voyait bien, ces deux-là l'examinaient de la tête aux pieds. Rien ne leur échappait, ni son imperméable à la patère, griffé d'un nom en vogue, ni ses souliers, plats mais chics, ni son collant fin sur des jambes dûment épilées, ni le petit ensemble en daim qu'elle portait sur un tricot fin, avec une broche discrète au revers de la veste — une broche en or.

— Mes vêtements me simplifient l'existence, déclara-t-elle à sa visiteuse, comme ceux que vous portez simplifient la vôtre. Bon. Que puis-je pour vous ?

— Pour moi, rien. C'est pour Janet Mandelbaum que je suis venue. Elle a dit que sûrement vous vous souviendriez d'elle. Mandelbaum, c'est le nom de son mari, mais ils sont divorcés.

— Je sais.

— Moi aussi, j'ai eu un mari, dit Joan. (Elle changea de position sur son siège et la chienne se redressa, hésitante.) Couchée, ma belle, couchée.

Le silence était pesant. Kate songeait à Janet Mandelbaum qui avait, semblait-il, inspiré cette visite surprenante. Quelques semaines plus tôt — Kate l'avait lu ou entendu dire — Janet s'était vu attribuer une chaire au département d'anglais de Harvard ; elle était la première femme à recevoir cet honneur. Janet n'était pas juive, Kate s'en souvenait ; son union avec Mandelbaum datait de sa phase libérale — sa seule et unique. Elle avait conservé ce nom parce que c'était sous celui-là qu'elle s'était fait une réputation. Et quelle réputation ! Imposante. Son essai sur les poètes du XVIIe siècle avait été un ouvrage marquant, le premier sans doute depuis celui de T.S. Eliot, alors que justement, dans les années 50, la poésie du XVIIe était le domaine en vogue. Le renom que cette publication avait valu à Janet s'était révélé durable. Cinq ou six ouvrages plus tard, nettement moins brillants mais solides et dignes d'estime, elle se retrouvait donc à Harvard.

— Janet n'a jamais été féministe, fit observer Kate.

— Je dirais plutôt qu'elle n'a jamais été femme, rectifia Joan avec une pointe de sarcasme. Enfin, pas sur le plan professionnel.

— Je sais, reconnut Kate. Ce qui pourrait expliquer que Harvard ait bien voulu d'elle. Franchement, je me demande comment vous avez fait connaissance, Janet et vous.

— Ce qu'il y a, c'est que Janet est dans la mélasse. Et les sœurs avec, malheureusement.

— Les sœurs ?

— Oui, c'est une communauté. Pas religieuse, hein. Juste un groupe de femmes qui s'entraident.

— Rue Hampshire.

— Vous comprenez vite, c'est pourtant pas si simple. Janet a été trouvée ivre dans l'ancienne salle d'eau d'une bicoque où le département d'anglais de Harvard a ses bureaux, et les sœurs sont impliquées dans l'affaire. On n'a pourtant rien à voir là-dedans, nous, bon sang.

Un coup frappé à la porte interrompit l'explication. Kate se leva pour ouvrir. Son visiteur, un étudiant, posa les yeux sur Jocasta qui répondit d'un grognement et se dressa, peu amène.

Kate se coula dans le couloir et referma la porte sur elle.

— Ah, Mr. Marshall. Oui, nous avons rendez-vous, je sais, mais pour le moment je suis occupée. Pouvez-vous m'accorder trois minutes ? Attendez-moi au fond du couloir et revenez quand mes... mes visiteuses s'en iront. D'accord ?

Le dénommé Marshall acquiesça, le regard braqué sur Kate. Avant cinq minutes, Kate en était sûre, la nouvelle aurait fait le tour du département. Quelle nouvelle ? Sous quelle forme au juste ?

Elles se retrouvèrent toutes trois le soir même dans l'appartement de Kate. Kate était affalée dans un fauteuil les pieds sur une chaise, Joan Theresa assise en tailleur sur le tapis et Jocasta sur le canapé en train de ronfler benoîtement. Kate sirotait un scotch, Joan un café. Kate avait une cigarette à la main. Un ventilateur électrique, savamment orienté, protégeait sa visiteuse de la fumée.

— Ne me dites pas que je devrais arrêter, je le sais,

annonça-t-elle d'entrée de jeu. J'ai essayé. Des tas de fois. Je m'en veux énormément de fumer, mais je m'en veux plus encore quand je ne fume pas... Et maintenant, dites-moi : qu'est-ce que c'est que cette histoire, à propos de Janet Mandelbaum ? Que lui est-il arrivé à Harvard ?

Au creux du canapé, Jocasta se retourna avec un grognement béat. Sa maîtresse déplia une jambe.

— Trouver Janet Mandelbaum en compagnie d'une sœur, c'est à peu près comme voir Nixon faire campagne pour Ted Kennedy. Absurde. Impensable. N'empêche, ça s'est tout de même produit. Mais savez-vous ce que c'est qu'une sœur ?

— Pas vraiment, non, reconnut Kate. Puisque à l'évidence vous n'employez pas ce mot au sens où l'on dirait que toutes les femmes sont sœurs, comme lorsque les Français parlent de fraternité.

— Ça m'étonnerait que les hommes soient frères et qu'ils l'aient jamais été, même s'ils se tiennent les coudes entre eux contre les femmes. Mais les femmes qui sont sœurs refusent en bloc un monde fait par les hommes et pour les hommes. Alors que les femmes qui ne sont pas des sœurs, c'est simple, elles jouent le jeu des hommes.

— Comme moi, par exemple.

— Vous m'excusez, mais... c'est bien ça.

— Alors que faites-vous ici ? Que fait Jocasta sur mon canapé à ronfler comme une bienheureuse ? Si je comprends bien, vous méprisez les femmes qui collaborent avec les hommes, mais vous ne dédaignez pas de les appeler au secours en cas de besoin ?

— Vous n'y allez pas par quatre chemins.

— Ce n'est pas mon genre, désolée. Et comment donc une sœur, une vraie, a-t-elle pu avoir affaire avec le professeur Mandelbaum ?

— Vous connaissez Harvard, demanda Joan, les lieux ?

— Si peu que ça ne vaut pas la peine d'en parler. J'ai dû aller là-bas cinq ou six fois, c'est tout. Pour des remises de diplôme. Faites comme si je n'y avais jamais mis les pieds.

— Le département d'anglais a ses bureaux dans une de ces vieilles baraques en bois que Harvard s'est achetées au fil des siècles et de ses besoins. C'est simple : tout Cambridge appartient à Harvard, ou quasi. La bicoque en question appartenait à un certain Warren, un type qui avait de l'asthme ou de l'arthrite ou quelque chose comme ça, et qui avait fait entièrement vitrer son balcon parce qu'il aimait traîner là mais qu'il ne supportait pas l'humidité. Paraîtrait qu'autrefois la maison était une de ces cachettes où passaient les esclaves en fuite mais, en ce qui concerne Harvard, personne ne sait démêler la vérité des légendes flatteuses. Bref, l'endroit est resté à peu près en l'état, y compris les cloisons de verre du balcon, et à l'étage il y a une antique salle d'eau avec baignoire habillée d'acajou et W.-C. à l'ancienne. La douche fonctionne encore. D'ailleurs on l'avait ouverte sur Janet. La pièce sert maintenant de toilettes pour dames parce qu'il arrive qu'une chargée de cours ait à mettre les pieds dans cette maison, sans parler des étudiantes ; et puis, il y a les secrétaires.

— Vu, dit Kate. Jusqu'ici, je vous suis. En ce qui me concerne, si j'habitais Cambridge, je saurais plutôt gré à Harvard de n'avoir pas rasé toutes ces vieilles bâtisses pour les remplacer par des cubes de verre et de béton, mais c'est précisément ce qui fait de moi un membre de l'ordre établi et non une sœur, j'imagine.

— Hum ! ça se pourrait bien. Ce qu'il y a, voyez,

c'est qu'ils ne tiennent compte que de leurs propres intérêts. De loin en loin, leurs intérêts coïncident avec ceux des femmes, mais c'est rare et purement fortuit. Passons, Janet Mandelbaum a donc été retrouvée un soir dans cette baignoire, complètement rétamée et dans l'eau jusqu'au cou. Avec elle, il y avait Luellen May, une des sœurs.

— Avec elle ?

— Oui. Au café, on avait reçu un coup de fil, comme quoi c'était une des sœurs qui marinait dans cette baignoire. Alors Luellen était allée voir. Un coup monté, bien sûr.

— L'affaire a fait du bruit ?

— Du bruit, façon de parler. Harvard a essayé de l'étouffer. Pas très bon pour l'image de marque. Seulement, il y avait des témoins. Alors il y a eu des fuites. Pour finir, l'affaire a fait le tour de Cambridge, enjolivée comme vous pouvez l'imaginer.

— Et Janet, quelle est sa version ?

— Elle dit qu'elle ne voit vraiment pas comment elle s'est retrouvée là. Personne ne la croit, bien sûr. Tout le monde est d'avis qu'elle a dû se prendre une méchante cuite et tomber dans les vapes. Évidemment, pour elle, c'est une sale histoire, et le pire c'est que Luellen y soit mêlée. Parce que votre Janet, elle ne fréquente pas n'importe qui, ça non.

— Que tout le monde l'ait appris, c'est beaucoup dire, fit observer Kate. La preuve : je n'étais pas au courant.

— Vous, peut-être pas, mais vos collègues masculins ? Ils vous en auraient parlé, vous croyez ?

— Certains d'entre eux, oui, dit Kate après hésitation. À condition d'être seuls avec moi... Qu'attendez-vous de moi ?

— C'est Janet qui voudrait que vous veniez à Harvard. Pour lui apporter votre soutien, je pense.

Kate réfléchit un instant.

— Bizarre... murmura-t-elle enfin. Nous ne nous sommes connues qu'étudiantes. Il est vrai qu'à l'époque nous nous voyions souvent. Vous connaissez sans doute Gertrude Stein? Elle a écrit un jour, à propos de son frère Leo, je crois : « Nous avions toujours été ensemble et désormais nous n'étions plus jamais ensemble. Peu à peu, nous prenions de l'écart jusqu'à n'avoir plus rien en commun. » Quand voudrait-elle que j'aille la voir?

— Aucune idée. Le plus tôt possible, j'imagine. Après les vacances de Noël, sans doute.

— Et peut-on savoir pourquoi, vous qui méprisez tant Janet, vous m'apportez son message?

— Parce que je me suis dit — nous nous sommes dit — que si vous veniez aider Janet ça rendrait peut-être service à Luellen par la même occasion. Elle est en procès pour la garde de ses enfants et cette histoire n'arrange pas son affaire.

Elles se turent un instant et contemplèrent la chienne, grosse peluche avachie dont les pattes, par moments, frémissaient d'un semblant de galop sous l'effet de quelque rêve canin. Joan se leva brusquement.

— Je sais bien, il va falloir que vous réfléchissiez. Remarquez, Janet vous contactera peut-être. Allons viens, Jocasta.

La chienne ne réagit pas. Alors sa maîtresse siffla entre ses dents, et ce son suraigu mit la bête sur pied comme par enchantement.

— J'ai toujours rêvé de savoir siffler comme ça, commenta Kate. Dites-moi. Si ça ne vous gêne pas de mentir aux hommes, ni de mentir à une femme qui a le tort de collaborer avec eux, si même vous vous en faites un devoir, qu'est-ce qui m'oblige à vous croire?

— Je n'ai jamais dit que vous deviez me croire, dit Joan. Vous n'avez qu'à venir vérifier sur place. On peut même vous loger, au besoin — pas vrai, Jocasta?

— Rue Hampshire, dit Kate. Rien ne m'empêche d'aller y prendre un café.

— Ça s'appelle *La Prochaine Fois Peut-être*. Vous n'aurez qu'à demander.

Ses visiteuses parties, Kate cueillit d'une main distraite deux ou trois poils de chien sur le canapé. Avoir un chien... L'idée la séduisait vaguement, mais où caser un animal dans sa vie et celle de Reed? C'était troublant de succomber au charme d'une chienne et plus encore de trouver quelque chose d'attachant à une Joan Theresa. Des « sœurs »! Kate haussa les épaules et gagna la fenêtre. En contrebas, sur le trottoir, sa visiteuse faisait la course avec son fauve en direction du bas de l'avenue.

CHAPITRE DEUX

— Naturellement, ajouta Mark Evergreen dès que le serveur eut le dos tourné, il faut ajouter qu'il est gay. Mais tu sais ça aussi bien que moi.

— Oui, dit Kate, je suis au courant. C'est quelqu'un d'enjoué, d'humeur folâtre, débordant de joie de vivre.

— Dieux du ciel ! Je n'aurais pas dû mentionner la chose de ce ton léger. Tu voilà choquée.

— Choquée, non. Chagrinée seulement par le terme employé. Je n'aime pas qu'on assassine les mots. Gay est un terme que j'aimais et que plus personne n'ose utiliser, pour cause de ricanements et de sous-entendus.

— Mais tu n'as rien contre les homosexuels en tant que tels.

— « En tant que tels. » Encore une expression qui a fait fortune, va savoir pourquoi.

— Kate, qu'est-ce qui t'arrive ? Quelque chose qui ne tourne pas rond ? Bien. Que puis-je te dire de plus sur Clarkville ? Ses travaux, tu les connais aussi bien que moi, j'imagine.

— Ses travaux, oui. Mais toi c'est l'homme que tu connais, et je me demandais...

— Toi, tu viens d'entendre parler de l'affaire Mandelbaum. Le coup de la baignoire et le reste. J'aurais dû m'en douter.

— Entendu parler n'est pas le mot. On est venu spécialement me l'annoncer. Sais-tu ce qui s'est passé au juste, toi qui connais si bien Clarkville ?

— Elle a pris une cuite de première, c'est tout. Clarkville a plus ou moins insinué que ça devait arriver. Elle vivait sur les nerfs. Elle a craqué. Il faut dire qu'être la seule femme — et la première — titulaire d'une chaire au département d'anglais de Harvard ne doit pas être de tout repos. Aphrodite elle-même craquerait, à mon avis, et Janet Mandelbaum à plus forte raison. Apparemment, elle a pris un bain pour se rafraîchir, mais elle est tombée dans les pommes.

— Sais-tu s'il y avait quelqu'un d'autre avec elle ?

— Il semblerait qu'une bonne femme du coin soit venue à sa rescousse, mais personne ne sait pourquoi. Janet jure ses grands dieux qu'elle ne la connaît pas et l'autre renchérit là-dessus. Elles sont aussi indignées l'une que l'autre de se voir mises dans le même panier. Pourquoi tu me demandes ça ? Cette affaire te tracasse ?

— Tu t'en souviens, toi, de Janet Mandelbaum ?

— Si je m'en souviens ? Quelle question ! Superbe et pas idiote ; mais à peu près toute la fantaisie d'un John Livingston Lowes — tu sais, le décortiqueur des œuvres complètes de Coleridge.

— De Harvard, tiens, lui aussi.

— Comme il se doit. Elle, rappelle-toi son credo : appliquer aux auteurs du XVIIe siècle comme Donne ou Herbert les concepts de la critique moderne serait aussi ridicule que de considérer Shakespeare comme un contemporain. Tu sais qu'elle a toute une collection de livres de psaumes de l'époque ? Bien franchement, j'ai toujours trouvé qu'il n'y avait pas plus rasoir qu'elle. Sans le magnétisme de ses charmes...

Son regard croisa celui de Kate.

— Elle n'était pas spécialement chaleureuse, se souvint Kate.

— C'est le moins qu'on puisse dire. N'empêche que même ceux dont elle démolissait les travaux, ses confrères spécialistes du XVIIe siècle, même eux s'extasiaient sur elle. Bon, toi aussi tu faisais tourner les têtes, mais...

— Mark, on m'a laissé plus ou moins entendre qu'elle m'appelait à son secours. Ça te paraît plausible, cet appel ? Et cette affaire grand-guignolesque, tu la considères comme grave ou pas ?

— Si on estime important de voir enfin des femmes à Harvard, oui, on a tout lieu de l'estimer grave — et c'est ma réaction personnelle. Si au contraire, comme la plupart de nos collègues, on n'y voit qu'une anecdote risible, il y a de quoi faire des gorges chaudes. Pour en revenir à ta première question : est-il plausible que Janet fasse appel à toi indirectement ? Oui, la manière directe n'a jamais été son fort. Réfléchis, Kate. À qui d'autre voudrais-tu qu'elle fasse appel ? Les femmes de votre âge — pardon, de notre âge — professeurs titulaires dans des universités de renom, il n'y en a pas beaucoup. Quand, en plus, il s'agit d'une ancienne camarade de faculté... Oui, en toute honnêteté, un appel au secours me paraît hautement probable, même de la part de Janet.

— Mark, encore unc question. Si Harvard te proposait une chaire, tu l'accepterais ?

— Sans hésiter une seconde.

— Pourquoi ?

— Je hais New York. Si j'enseignais à Harvard, je pourrais vivre à la campagne, avoir un bateau...

— Ah bon ! Moi j'adore New York. Je ne pourrais imaginer vivre avec Harvard Square pour seul horizon ; tout le monde y est si agressivement jeune !

— Mais tu pourrais toujours y aller en touriste, non ? Au fait, il paraît qu'ils l'ont installée, finalement, cette station de métro au beau milieu de la place. Tu sais, ce fameux projet qui faisait voir rouge à Lowell, d'après les journaux. Tu te souviens du gros titre, non ? « Le président de Harvard fermement opposé à toute érection sur Harvard Square. » Ne te retiens pas de rire, je sais que tu trouves ça drôle.

Certains événements, Kate devait le relever par la suite, font l'objet d'un déterminisme outrancier : de nombreuses causes se coalisent pour les produire. L'une de ces causes, en l'occurrence une femme d'esprit et d'expérience, attendait Kate au restaurant pour un dîner en tête-à-tête ce soir-là. Elle ne faisait que passer, elle venait droit de Washington, avait-elle dit au téléphone. Droit de Washington, mais en route pour où ? Kate avait oublié de poser la question, mais la réponse lui fut servie avant même l'apéritif.

— Et tu sais où je vais ? À Harvard, tout droit. Congé exceptionnel — qui n'a rien d'un congé d'ailleurs — offert par la maison où je travaille en ce moment. Le Kennedy Center, tu connais ? J'y suis expert-conseil. Et cette mission, c'est de l'or. D'une pierre, pas mal de coups, si j'ose dire. Harvard s'offre un avis éclairé, plus une femme dans ses statistiques — ça fait toujours bien. Pour moi, c'est une expérience et une chance d'aller mettre le nez dans ce qui se mijote là-bas. Pour George, c'est l'occasion de découvrir enfin ce qu'il veut faire de sa vie, naviguer sur un voilier, écrire un roman ou coucher avec la secrétaire de je ne sais qui. Quant à mon subordonné immédiat à Washington, il aura une chance d'exercer un peu de pouvoir. Que demander de plus ?

— Et George ? L'arrangement lui convient ?

— Kate, ma chère, entre nous, je te dirai franchement : peu me chaut. Bon, les amies à qui je peux faire cet aveu se comptent sur les doigts d'une autruche — laquelle, tu le sais peut-être, n'a que deux doigts à chaque pied — mais le fait est là. Dire que je m'en fiche serait exagéré, mais je ne vais pas me mettre martel en tête, j'ai mieux à faire. Sur le rôle d'un homme dans ma vie, je n'ai jamais vu aussi clair. J'aime George, je suis toujours prête à discuter avec lui, à l'épauler, à assurer les urgences, mais il n'est plus toute ma vie, je l'avoue. Depuis des années, George rêvait de liberté, de retrouver ses rythmes naturels... Tu vois le genre. Il va donc être comblé. S'il découvre que ses rythmes naturels ne lui conviennent pas, pour finir, eh bien, tout sera dit, tu ne crois pas ? Mon appartement de fonction à Cambridge lui permettra de me rendre visite si le cœur lui en dit et, pour le reste, c'est son problème. Voilà. Et toi, comment ça se passe sans Reed ? Songe combien j'ai été honnête, à propos de George.

— Tu ne voudrais tout de même pas que je m'invente des déboires conjugaux pour ton seul plaisir, si ? Reed a toujours su qu'il m'arriverait de vivre sans lui. Moi, j'ai toujours su qu'avec lui je ne m'ennuierais jamais. Il est d'étrange composition ; un ingrédient masculin lui manque totalement : il n'est pas imbu de son importance. Quand il n'est pas là, il me manque, mais je n'en dépéris pas pour autant, pas plus que je n'aspire à un peu de solitude lorsqu'il est là.

— Mariage et tour d'ivoire. Ah ! Pouvoir concilier les deux ! Plus j'avance en âge et en sagesse, plus je suis frappée par la force des mythes américains rattachés au mariage. Mon favori, ces temps derniers, c'est celui de la chambre à deux. Renoncer au lit à deux places, ce serait renoncer au mariage, ou n'en garder que la carcasse, la structure légale. J'ai des amis à Washington qui ont dû se rendre à l'évidence, ils se gênaient mutuellement dans leur sommeil, au point que ça devenait invivable. Alors ils se sont dits dans un moment d'inspiration sublime : Avec toutes ces chambres à notre disposition, pourquoi ne pas dormir chacun dans la sienne ? Mon Dieu, quelle révolution ! La réaction de leurs amis quand ils ont su ! À croire qu'ils s'étaient fait tatouer ou s'étaient mis au trafic d'armes. Pour finir, ils ont trouvé la solution. À la porte de l'une des chambres, ils ont placé une affichette : « On fait ça ici. »

— Sylvia ! Tu me manquais, tu sais, depuis le temps.

— Pourquoi ne viendrais-tu pas avec moi ? Tiens, je t'offre de partager mon vaste appartement, du moins quand George n'est pas là.

— Et quand il est là, qu'est-ce que je fais ?

— Tu te rabats sur les logements pour étudiants et leur gentille compagnie en te consolant avec le xérès du club.

— Reste à savoir ce que je fais au juste à Harvard et par quel tour de passe-passe j'obtiens une chambre d'étudiant.

— Je suis une femme d'influence, ne te l'ai-je pas dit ? Je connais les gens qu'il faut et des gens qui connaissent les gens qu'il faut. Quand je parle, on m'écoute.

— Pour ce qui est de t'écouter, je t'écoute, mais tu me permettras de te rappeler que le semestre n'est pas terminé et que je suis censée enseigner le semestre prochain également. On a son petit contrat à honorer, même si d'aucuns — notamment les collègues — font comme s'ils n'étaient pas au courant.

— Taratata. Je ne vois pas où est l'empêchement. Tu prends un congé sans solde le temps d'un semestre, c'est tout. Ils seront ravis de te l'accorder. Songe aux économies qu'ils vont faire : la moitié de ton salaire annuel. Si vraiment l'un de tes cours se révèle indispensable, ils embaucheront un obscur suppléant qui le dispensera à ta place pour le cinquième de ton traitement. J'ai pensé à tout, Kate. Tu es riche, remercie le ciel. Viens donc passer un semestre dans cet institut qu'ils ont, là-bas, réservé aux femmes savantes de ta trempe. Tu t'installeras avec moi et tu pourras venir en aide à cette pauvre Janet Mandelbaum.

— Je vois. Pour finir, nous en arrivons à Janet Mandelbaum. Quelle coïncidence !

— Coïncidence, pas du tout. Disons plutôt aboutissement d'un enchaînement logique.

— Tu vas devoir éclaircir certains points, mais j'ai deux ou trois questions, d'abord, si tu permets. Pourquoi ton institut pour femmes savantes, comme tu dis, m'engagerait-il ? Son corps professoral n'affiche-t-il pas complet à l'heure qu'il est ?

— Il y a toujours une petite place, tout dépend de qui la demande. En réalité, ils ne peuvent pas se payer autant de chargées de cours qu'ils le voudraient, mais si tu t'offres à enseigner pour la gloire et sans salaire, ils te trouveront un bureau, t'attribueront une boîte aux lettres, te déclareront maître assistant de plein droit et t'enjoindront de donner un cours sur ton sujet de prédilection. Qu'en dis-tu ? L'institut ne manque pas d'attraits, tu verras. Le seul petit inconvénient est que, lorsqu'on loge là-bas, on est moralement tenu d'assister aux déjeuners officiels, avec xérès au début et indigestion d'idées à la fin. Mais n'oublie pas que toutes tes souffrances serviront la cause des femmes.

— Attends, je ne te suis plus très bien. Que suis-je censée faire pour servir la cause des femmes ?

— Soutenir Janet, et avec elle la présence de femmes au sein de Harvard. Janet est victime d'une cabale, tu sais. Sa mésaventure est un coup monté.

— Un coup monté ?

— Puisque je te le dis. Si tu as peine à me croire, viens juger par toi-même.

— Écoute, dit Kate, c'est très simple. Il se peut que j'aille là-bas, il se peut que je n'y aille pas, mais je n'enverrai même pas de petit mot à Janet si tu ne me confies pas ce qui te fait dire qu'elle est victime d'un coup monté. Autrement dit, en quoi cette affaire est-elle si importante ?

— Ces nouvelles chaires à Harvard, qu'en sais-tu au juste ?

— Très peu. Pour ainsi dire rien.

— Ce n'est pas la première fois, sache-le, qu'un tel honneur est fait à une femme. Il existe déjà à Harvard la chaire Zemurray-Stone instituée voilà plus de trente ans. Opération couronnée de succès apparemment, puisque cette chaire n'est jamais restée vacante depuis 1948, mais apparemment seulement[1].

1. Pour information, le lecteur peut consulter, à Harvard même, un article concernant cette chaire écrit par Bernice Brown Cronkhite qui avait largement contribué à sa fondation. Manifestement, Sylvia a lu cet article. (*N.d.A.*)

« La présente titulaire, guère plus âgée que toi et moi, est spécialiste du monde gréco-romain. Il semblerait qu'elle en connaisse un bout, d'ailleurs. Elle vient de publier un ouvrage acclamé par la critique.

— Fort bien, mais s'intéresse-t-elle particulièrement à la cause des femmes en tant que telle ? Tu admireras cet « en tant que telle » ; je me suis mise à la page.

— Qu'elle s'y intéresse ou pas, il tombe sous le sens que ce n'était pas une malheureuse chaire seule et unique en son genre qui avait des chances de faire bouger les choses à Harvard. Mais voilà qu'à nouveau un généreux donateur — qui ? Le secret est jalousement gardé — vient de créer un nouveau poste de professeur titulaire réservé aux femmes et menace d'en fonder d'autres. Je dis bien : « menace », parce que c'est ainsi que d'aucuns le ressentent.

— Et tu serais tentée de croire que quelqu'un cherche à saboter l'opération ?

— Je suis plus que tentée, je le crois. Mais comme j'ai toujours ri au nez de ceux qui voient des conspirations partout, je résiste à la tentation d'en détecter une ici. Je préfère n'y voir l'œuvre que d'un cerveau un peu lézardé. Ce qui n'empêche pas Janet Mandelbaum d'avoir besoin d'un coup de main et de compter sur toi.

— C'est ce qu'on m'a dit mais j'ai peine à le croire. Notre dernière rencontre remonte à pas mal d'années et déjà à l'époque, j'avoue, nous n'avions pas grand-chose à nous dire.

— À l'heure qu'il est, crois-moi, elle en aurait, des choses à te dire... Réfléchis, Kate. Janet sur une cible facile. Dès lors que ces messieurs lui refusent leur soutien, vers qui voudrais-tu qu'elle se tourne ? Or il est évident que ses collègues de Harvard sont loin de lui tendre la main.

— Ils ne le font même pas pour les jeunes profs hommes.

— C'est ce qu'on m'a dit. Quant au soutien des féministes, inutile d'en parler : quand bien même il lui serait acquis — et les probabilités sont minces — Janet elle-même le refuserait par principe. Si tu veux mon avis, elle doit se sentir bien seule.

— Au point de se raccrocher aux connaissances du passé, même celles qui ont toujours vécu sur une autre planète que la sienne ?

— Je dirais que oui. Tu comprends, toi au moins, tu sauras de quoi elle parle. Et puis, mets-toi à sa place. L'amalgame avec ces femmes qui vivent en communauté a de quoi la retourner. Ne me dis pas que ce détail-là ne relève pas du coup monté.

— Tu sais que j'ai rencontré une de ces femmes, avec une chienne adorable, venue tout spécialement à New York pour m'inviter ?

— Et qu'en as-tu pensé ? De la fille, pas du chien.

— Elle m'a dit qu'elle était une « sœur » et j'avoue, à ma confusion, que je l'ai trouvée plutôt sympathique.

— Pourquoi à ta confusion ?

— Parce qu'elles sont prêtes à m'exploiter alors que, si leur cause l'emportait, je serais la première à la trappe.

— Leur « révolution », l'emporter ? Nous avons encore de beaux jours devant nous, va. Quoi qu'il en soit, dans l'affaire de Janet, impliquer les « sœurs » était une belle erreur — ne me demande pas commise par qui, mais c'était une erreur.

— C'est-à-dire ?

— Kate, voyons. Ne te fais pas plus sotte que tu n'es. Il crève les yeux que ces femmes-là, retranchées dans leur communauté en dehors des institutions, n'iraient pas voler au secours d'une femme ordinaire. Pour la simple raison que les femmes ordinaires, hétéros si tu préfères, collaborent avec l'oppresseur, s'identifient à lui, font l'amour avec lui...

— Sylvia, est-il indispensable de faire intervenir la vie privée des individus ?

— Indispensable, absolument. Ce que je cherche à souligner, c'est que si « on » a cru discréditer Janet un peu plus en essayant de faire croire qu'elle s'était acoquinée avec des lesbiennes de Cambridge, « on » s'est trompé. La mayonnaise ne prend pas, n'a aucune chance de prendre. Rien de commun entre ces deux mondes.

— Mais je ne tiens à être ni de l'un ni de l'autre, moi ! protesta Kate.

— Je le sais, très chère, c'est même pourquoi nous avons besoin de toi.

— Je crains de trouver Joan Theresa plus sympathique que Janet Mandelbaum.

— C'est bien là le problème, au moins en partie. Mais ce détail aussi, je te déconseille fortement d'en faire état à Harvard.

— Et comment suis-je censée entrer en contact avec *Radcliffe College*, le petit frère — ou la petite sœur — de Harvard ?

— Je m'occuperai de tout. Laisse-moi prendre les choses en main et tu ne seras pas déçue. Je commencerai par t'envoyer un dossier sur Harvard et les femmes. Tu verras que Radcliffe a vu le jour par accident et n'a jamais été autre chose, pour Harvard, qu'une pure commodité, une annexe instituée à titre d'expérience. Si l'expérience échouait, Harvard n'y serait pour rien, tandis qu'en cas de succès Harvard en cueillerait les lauriers.

— Sais-tu pourquoi il se pourrait que j'aille là-bas ? dit Kate. Parce que mes frères en seront tourneboulés, eux qui estiment que jamais Harvard n'aurait dû laisser une femme approcher de la bibliothèque Widener. J'y pense ! J'ai une nièce qui a dû sortir de Radcliffe récemment... Ma foi, je serai ravie de revoir Jocasta.

— Tiens bon, Janet ! Les renforts arrivent.

CHAPITRE TROIS

À l'évidence accaparée par un intermède matrimonial, Sylvia avait fait attribuer à Kate une chambre individuelle au foyer des professeurs de Harvard. Malgré la diligence de Sylvia, Kate se retrouva dans une mansarde, démunie du moindre placard et dotée d'une seule prise de courant sur laquelle brancher à la fois une lampe, la radio, et l'engin sans nom qui faisait juste assez tiédir l'eau pour y dissoudre l'infâme poudre baptisée café. Kate contempla ce galetas et résolut que le hasard seul ne pouvait suffire à faire d'une pièce un tel monument d'inconfort. Pareil degré d'hostilité impliquait de réels efforts et une noirceur d'âme peu commune. Au fond, Kate était prête à le croire, cette chambre résumait à elle seule les sentiments de Harvard à l'égard du sexe féminin.

L'unique source de lumière naturelle tombait d'une lucarne haut perchée, laquelle s'ouvrait dans un renforcement d'un bon mètre cinquante d'épaisseur — ou plutôt ne s'ouvrait pas, puisque de toute manière un carton sur la vitre indiquait, péremptoire : « Ces fenêtres sont scellées pour l'hiver. Pour aérer, prière d'utiliser la climatisation. » L'endroit empestant la momie, Kate mit en marche le climatiseur. L'espace d'un instant, elle se demanda ce qui était le pire : l'odeur de poussière rôtie ou le ronflement de l'engin. Elle l'arrêta au bout de trente secondes. Derrière la vitre douteuse, par-dessus la grille encrassée, on apercevait de grands arbres que janvier berçait sans ménagement. Il fallait rendre cette justice à Harvard : la nature y était superbe.

À ce point de sa réflexion, comme elle n'avait pas fait un geste depuis une minute au moins, elle vit un écureuil surgir dans la gouttière et s'immobiliser sur le rebord de la lucarne. Preste, il sortit de sa bajoue une énorme noisette et entreprit de la caler dans une fissure, à petits coups de patte précis. Un cadeau, peut-être ? songea Kate lorsqu'il fut reparti comme il était venu. Excellent présage, sûrement. Meilleur en tout cas que cette cellule à broyer du noir. Rassérénée, elle décida de faire un peu d'exploration en attendant l'heure de retrouver Sylvia au bar du foyer.

De sa mansarde, elle avait repéré la fameuse Warren House, le toit de bardeaux sous lequel Janet Mandelbaum avait connu sa funeste aventure. Coupant à travers la pelouse entre les arbres vénérables, elle gagna bientôt la bâtisse et y entra sans hésiter. Sur sa gauche, derrière une porte, crépitaient des machines à écrire. Sur sa droite, une autre porte annonçait : « Bureau de placement. » Kate frissonna intérieurement. Pour ne pas risquer de voir surgir quelqu'un qui s'informerait des raisons de sa présence, elle s'élança dans l'escalier et atteignit le premier étage. Là, derrière une porte béante, se trouvait l'ancienne salle de séjour de l'ex-propriétaire des lieux, l'arthritique ou asthmatique Mr. Warren. Le balcon avait conservé ses parois de verre. Kate s'aventura jusqu'au fond du couloir où l'attendait la fameuse salle de bains, spacieuse, antique et solennelle. Sur la porte était épinglé un bristol : « Toilettes pour dames. Les toilettes pour hommes sont au rez-de-chaussée. »

La bâtisse ne comprenait guère que cinq ou six pièces en service : le bureau du président du département, l'office de placement, deux ou trois salles de réunion. Malgré tout, malgré le charme désuet et malgré l'acajou, c'était le quartier général officiel du département d'anglais de Harvard et l'endroit, même désert, exsudait le pouvoir — le pouvoir détenu de temps immémorial, celui de l'ordre établi, inébranlable, patriarcal.

Très vite, Kate éprouva le besoin de changer d'air. Elle quitta le bâtiment, traversa la rue Quincy en respirant à pleins poumons et mit le cap sur la librairie la plus proche. C'était l'un des charmes de Harvard : des librairies à profusion, des cavernes d'Ali Baba où fureter à loisir et faire de surprenantes découvertes. Il y avait là de tout, vraiment de tout : sur tous les sujets et pour tous les goûts, contrairement à New York où la plupart des librairies se contentaient de vendre au poids les titres en vogue et les valeurs sûres.

La librairie de la Société coopérative de Harvard (la Coop pour les initiés) serait parfaite pour un début. Kate y entra d'un pas résolu. Sans un regard pour les best-sellers qui s'affichaient au rez-de-chaussée, elle mit le pied sur l'escalator qui menait au premier étage, royaume du livre de poche. À peine s'était-elle élevée d'un mètre ou deux que du haut de l'escalator parallèle, celui qui redescendait, une créature défiant toute description se mit à exécuter de grands moulinets de bras.

— Tante Kate, ça alors ! Toi ici ? Elle est bien bonne !

À l'entendre, on aurait pu croire que Kate venait de se faire surprendre dans un salon de massage thaïlandais ou autre lieu incongru. Éberluée, Kate fixait sa nièce, si du moins c'était bien elle, emportée vers le bas tandis qu'elle-même s'élevait, inexorable figure de ballet. Résultat : elle en oublia de quitter l'escalier mécanique, lequel la livra brutalement à l'étage.

Pendant ce temps, sa nièce supposée — cape au vent sur jean râpé, capuchon au ras des yeux — avait sauté d'un pied léger au bas de son escalator et repartait d'un même élan dans le sens de la montée, avec toute l'agilité de la sorcière à cheval sur son balai. L'escalator lui semblant trop lent, elle gravit les marches deux à deux et rejoignit sa tante en trois secondes avec tant d'impétuosité — confirmée par la vigueur de l'étreinte — que Kate se sentit fondre aussitôt.

— Oh, c'est toi ! Comment vas-tu ? bredouilla-t-elle, un peu prise de court.

— Moi ? Très bien. Mais ça alors, te voir ici, tu parles d'une surprise ! Surtout toi, new-yorkaise jusqu'au bout des ongles ! Pourquoi tu ne m'as pas dit que tu venais ? Les parents sont au courant ? Ça m'étonnerait. Tu ne leur dis jamais rien, ils s'en plaignent assez. Mais j'y pense, tu viens donner des cours ici, peut-être ? Alors ça, ce serait super, va falloir que je prévienne tout le monde, qu'on vienne te faire la claque. Remarque, c'est pas qu'on applaudisse beaucoup, par ici. À Harvard, tu penses, on est au-dessus de ces pratiques vulgaires. On sifflerait, plutôt.

Durant toute cette tirade, les clients essayaient de contourner tant bien que mal l'obstacle que constituaient Kate et sa nièce retrouvée. (Laquelle devait s'appeler Leighton, si les souvenirs de Kate étaient bons. Non pour l'état civil, qui ne lui connaissait qu'un prénom des plus classiques, mais pour elle-même et le reste du monde à l'exclusion de ses parents. L'appellation correspondait-elle au nom de jeune fille de sa mère ? Kate n'aurait su le dire ; l'arbre généalogique familial avait trop de branches pour elle.)

— Tu as l'air complètement épuisée, la complimenta Leighton. J'ai une idée, viens donc prendre un pot ! (Et sur ce, sans hésiter, elle entraîna sa tante sur l'escalator descendant.) Figure-toi qu'enfin je commence à savoir boire un peu. C'était tellement pénible de passer pour une petite puritaine coincée, alors qu'en fait c'était tout bête : j'avais horreur de ces trucs-là. Tu pourras prendre ton sempiternel gin-vermouth — je ne t'ai jamais vu boire autre chose — et moi je n'aurais rien contre un sombrero.

— Le bar des professeurs n'ouvre qu'à cinq heures, rappela Kate qui, cette fois, remettait le pied sur la terre ferme avec la dignité requise. (Il lui semblait avoir cent deux ans, sensation assez courante pour qui s'aventure à Harvard passé le cap de la trentaine.) Ce qui me rappelle que, justement, j'ai rendez-vous...

— On peut toujours aller au *One Potato, Two Potatoes*, affirma Leighton très sûre d'elle. Suis-moi !

Au train où elles allaient, converser était impensable et Kate mit à profit l'intermède pour rassembler en hâte ce qu'elle savait de cette nièce. Leighton devait être, sauf erreur, la fille la plus jeune de son deuxième frère. Kate se rappelait vaguement avoir envoyé le cadeau de rigueur lorsque sa nièce était sortie, dûment diplômée, du lycée privé auquel elle-même avait fait ses adieux une génération plus tôt. La présence de Leighton à Harvard pour la suite de ses études n'avait rien de bien surprenant, tous les autres Fansler étant passés par là, hormis son neveu Leo. Du temps de Kate, naturellement, les jeunes filles de bonne famille ne fréquentaient pas Radcliffe à moins d'habiter à côté. Mais les temps avaient changé. À présent, toute jeune fille qui en avait les moyens (et ce dans tous les sens du terme) se devait de fréquenter ce qu'on appelait désormais Harvard & Radcliffe.

— Juste un détail, précisa Leighton comme elles s'asseyaient au *One Potato* etc., où Kate doutait fort qu'on sût doser correctement le gin-vermouth, j'espère que tu as de quoi payer parce que moi je n'ai pas un rond.

— Et que faisais-tu, à la Coop, sans un « rond »? s'enquit Kate d'un ton qui se voulait ferme.

— Oh! tu sais, à la Coop, personne n'emploie jamais d'argent liquide, répondit Leighton d'un air un peu choqué. Un sombrero, s'il vous plaît, ajouta-t-elle à l'intention de la serveuse, tout en laissant glisser sa cape sur le dossier de sa chaise avec une gracieuse négligence.

Le lainage traînait par terre, élégamment, de chaque côté, et la serveuse n'eut rien de plus pressé que de le piétiner avec soin. Leighton n'y prêta aucune attention.

— Et un gin-vermouth très sec, c'est ça? demanda-t-elle à sa tante.

— Oui, s'il vous plaît, confirma Kate, trop accablée par ce spectacle pour formuler sa commande elle-même. (Elle attendit que la serveuse eût le dos tourné et hasarda :) Dis-moi, c'est quoi, un sombrero? Je sens que je ne devrais pas poser la question, mais...

— Oh! c'est seulement du kahlua et du lait. Tu n'as jamais goûté? C'est divin. Et nourrissant, en plus. Je n'ai rien avalé, moi, ce matin.

— Et rien non plus à midi, je devine

— Bien sûr que non. Je ne prends pratiquement jamais rien jusque vers six heures du soir. À ce moment-là, j'ai tellement faim et je suis si fière de moi que je me mets à dévorer et je n'arrête plus, ou presque, avant quatre heures du matin. C'est affreusement démoralisant. Tante Kate... J'espère que ça ne te vexe pas trop que je t'appelle « tante ». Pourquoi la nature ne m'a-t-elle pas faite comme toi, grande, mince et soignée ? Tu as toujours l'air de sortir d'un écrin. Franchement, la distribution des gènes est mal faite.

— Je n'ai pas toujours l'air de sortir d'un écrin.

— Bon, d'accord, pas en ce moment ; tu as un peu l'air de revenir de bataille, mais d'habitude tu es fraîche, élégante, spirituelle — tu es mon idéal absolu, le seul, l'unique. D'ailleurs, c'est ce que je dis à tout le monde. Je veux enseigner l'anglais en fac et lire des poèmes à voix haute à faire se pâmer l'auditoire. En réalité, je serai sans doute actrice, mais c'est seulement parce que les chaires d'anglais se font rares ; ça n'empêche pas que tu sois mon modèle.

Les boissons arrivèrent à point nommé (le gin-vermouth impeccablement dosé) pour épargner à Kate une réponse. Elle alluma une cigarette. Les effets combinés du gin et du tabac lui rendirent tous ses moyens, ou du moins ceux d'une tante digne de ce nom.

— Où en es-tu de tes études ? s'enquit-elle d'un ton neutre.

— Je termine ma licence cette année. J'avais arrêté deux ans, le temps de faire du théâtre et de m'amuser un peu. Une licence de lettres, bien sûr, avec, pour matière principale, le grec ancien. Je loge à la South

House, je déteste Harvard et surtout son esprit, mais d'un autre côté je me dis que ce sera une référence plus tard pour trouver du boulot. En fait, je passe le plus clair de mon temps du côté du théâtre Loeb. Tu vas peut-être me trouver insolente, mais si nous parlions d'autre chose, de ce qui compte vraiment dans la vie ?

— Pourquoi le grec ? s'informa Kate.

— J'en avais déjà fait un peu au lycée. J'avais remarqué que c'était une matière où on pouvait se contenter de bachoter deux jours avant l'examen. Avec le grec, je peux me permettre de faire du théâtre. Jouer, mettre en scène, écrire des pièces... Je suis inscrite à ce cours dont tu as peut-être entendu parler, pour futurs auteurs dramatiques. Absolument génial.

— Génial parce que d'anciens élèves ont été reconnus géniaux depuis ?

— Génial parce que le prof est génial. Très peu pour lui, la pompe de Harvard, le ronflant, le guindé. Le cours a lieu à Warren House, tu sais, là où on a retrouvé cette malheureuse givrée à mort... Tante Kate ! C'est pour ça que tu es ici ?

— Tout le monde est au courant de cette petite bouffonnerie, j'imagine ?

— Oh ! tu sais, en réalité, ça n'a fait que la rendre plus humaine. Et ce n'était pas du luxe, parce que, pour être constipée, celle-là ! Tu parles d'une coincée...

— Non, je n'en parle pas, fit observer Kate.

— Oh ! pardon, j'oubliais : avec toi, je suis censée faire preuve d'un peu plus de retenue.

— De retenue, non. De décence, je dirais plutôt. Mieux : d'une certaine correction de langage.

— Je peux prendre un deuxième sombrero ? J'ai

une répét' dans dix minutes. Plus exactement, je devrais déjà y être, mais je n'interviens que dans la seconde scène. *Hedda Gabler*. J'adore Ibsen. J'y pense : Janet Mandelbaum est un peu comme Hedda, au fond. Elle n'ose pas rompre avec les conventions, elle a bien trop la péto... elle est trop timorée pour le faire, mais en réalité, à l'intérieur, elle bouillonne.

Tout en parlant, Leighton avait attiré l'attention de la serveuse et commandé d'un geste un second verre pour chacune d'elles. Kate réfléchissait à voix haute :

— Hum, le parallèle est assez juste et je serais tentée de croire que d'une certaine façon les Hedda sont légion de nos jours. Le lot commun des femmes les hérisse, mais elles n'osent pas pour autant s'accorder le moindre manquement à la féminité conventionnelle.

— Tu emploies toujours ce genre de mots — « manquement à », « féminité conventionnelle » et tutti quanti ?

— À mes heures, oui. Et à propos d'heure, misère ! J'ai un rendez-vous à cinq heures et je vais arriver en retard. Et givrée par-dessus le marché, comme tu le dis si poétiquement.

— Tante Kate, ravie d'être tombée sur toi. Tu n'as pas idée à quel point. Je te trouve absolument formidable. Mais ne te tracasse pas, je ne serai pas pendue à tes basques. Promis. Simplement, si tu fais parler de toi, vu que tu portes le même nom que moi les gens feront le rapprochement et tu seras face à un choix : soit tu me reconnais pour ta nièce, soit tu me renies totalement. J'espère que ce dilemme ne t'empêchera pas de dormir. En tout cas, merci pour le pot !

Leighton disparut dans le foule, laissant Kate à sa méditation. Il fallait bien admettre, songeait-elle en trempant les lèvres dans son second gin-vermouth, que la plus jeune de ses nièces n'avait pas trop mal tourné.

— Juste ciel, s'écria Sylvia qui l'attendait au foyer, ne me dis pas que tu as déjà commencé la tournée des bars ? Il est à peine cinq heures. Bon, et ta chambre, comment est-elle ?

Kate se laissa choir dans son fauteuil.

— Ma chambre ? Je m'abstiendrai de tout commentaire. Sache seulement ceci : plus tôt je la quitterai, plus ma vision de Harvard aura des chances de rester objective. Je n'ai déserté ma chambre que pour tomber sur une de mes nièces. *Hedda Gabler*, grec ancien et cape au vent. Un verre d'eau gazeuse sans rien dedans, tu crois que je peux demander ça ?

Sylvia commanda l'eau gazeuse et revint à Kate.

— Allons, très chère, courage. George repart demain à l'aube. George repart toujours à l'aube, quand j'y pense ; c'est même l'un de ses traits les plus charmants. Tu peux donc me rejoindre dès demain avec armes et bagages et tu auras une chambre avec tout le confort moderne. Ah ! Et que je te dise, aussi : Janet Mandelbaum dîne avec toi demain soir au *Ferdinand*. En principe, elle dîne avec nous deux mais je me trouverai une urgence. Votre table sera réservée. Troisièmement, Radcliffe se prépare à te recevoir après-demain matin. En attendant, tu peux toujours explorer Warren House.

— Warren House ? C'est fait. À propos, quelle est la maison que j'honore de ma présence ?

— Dunster. Un peu excentrée, malheureusement, mais très portée sur la musique. Je me suis dit que tu apprécierais les concerts.

— Et qu'est-ce que Dunster House s'imagine que je fais ici, au juste ?

— Dunster House ne s'imagine rien, Dunster House prend ce qui vient. Comme un aspirateur. Dans l'esprit des directeurs, tu es chargée de cours à l'institut — ce qui est d'ailleurs le cas. Les chargés de cours sont souvent affectés à une maison. J'ai ta carte d'enseignant, à propos.

Elle tendait à Kate le petit rectangle plastifié lui donnant droit aux privilèges dus à son rang, de l'accès aux bibliothèques à l'usage des salles de squash. Peu après, comme elles se dirigeaient vers la sortie, le blondinet de la réception fit signe à Kate.

— Professeur Fansler ?

— Oui, répondit Kate.

— Quelqu'un a déposé ceci pour vous. (Il plongea, saisit quelque chose à ses pieds.) Dommage, je les aurais bien gardés pour moi, ajouta-t-il en tendant à Kate un bouquet d'œillets blancs griffés de rouge sang.

Ils étaient superbes, divinement parfumés, et accompagnés d'un petit mot que Kate déchiffra en silence. *De la part de ta nièce, avec ses remerciements. Bonne chance. Tâche de ne pas aller t'échouer dans une baignoire*.

Apparemment, même « sans un rond », on pouvait aussi acheter des fleurs. Kate prit congé de Sylvia et gagna l'ascenseur, pensive. Dans sa cellule de nonne, ces œillets feraient merveille. Des fleurs et une noisette. Pas si mal, au fond, pour Harvard.

CHAPITRE QUATRE

Le lendemain soir, au *Ferdinand*, devant un gin-vermouth, Kate retrouvait Janet Mandelbaum pour la première fois depuis plus de dix ans. Elles échangeaient des riens, des propos anodins — mais que faire d'autre avec quelqu'un qu'on n'a pas revu depuis une éternité ? En réalité, le courant n'était jamais passé entre elles deux, faute d'atomes crochus sans doute. Ce n'était pourtant pas faute d'estime, pas de la part de Kate du moins : elle admirait sincèrement le sérieux et l'érudition de Janet Mandelbaum. Or le sérieux était ce qui primait chez Janet. Le sérieux — et la beauté, naguère. Le sérieux était resté intact, la beauté s'était muée en style bon chic bon genre, mise en plis impeccable et ongles soignés. Tout en bavardant, Kate s'interrogeait : qu'avaient-elles à se dire, toutes deux, hors ces banalités polies ? Fallait-il que Janet se sentît seule au monde pour avoir songé à elle comme à une amie ! Pourtant, Kate restait perplexe. Jamais, lui semblait-il, elle n'eût pour sa part fait appel à Janet, fût-ce au cœur de la pire détresse. Janet lui laissa le soin d'inventorier le menu et commenta l'absence de Sylvia.

— Quelque chose me dit qu'elle a préféré nous laisser seules. J'en suis désolée pour toi. Je ne suis pas spécialement boute-en-train, ces derniers temps. Pas le moral.

— Ah? répondit Kate par-dessus le menu. Pourtant, de l'avis de beaucoup, on voit mal ce que tu pourrais espérer de mieux. Sur le plan professionnel, décrocher une chaire à Harvard, ce n'est tout de même pas si mal, non?

— C'est ce que je croyais aussi. Au début. Mais je vais te dire : le problème, ce sont toutes ces femmes — étudiantes, chargées de cours, secrétaires et j'en passe — qui ont l'air persuadées que je devrais à tout prix mener je ne sais quelle croisade féministe. Tu connais le refrain : les droits de la femme, la condition féminine, le problème des femmes à Harvard, l'accès des femmes au troisième cycle, etc. Mais pourquoi devrais-je m'intéresser davantage aux femmes qu'aux hommes? Moi, ce qui me passionne, c'est le XVIIe siècle, point. Tu devrais essayer les crabes sautés. C'est du surgelé, mais fameux. J'en ai déjà pris.

— En venant ici, avoue, tu devais bien te douter que le fait d'être une femme ne serait pas un détail anodin. Harvard, on sait ce que c'est. Pour s'y voir attribuer un poste, être qualifiée ne suffit pas, pas pour une femme en tout cas. Sinon, il y en aurait eu d'autres avant toi.

— J'ai fait ma petite enquête sur la chaire Zemurray-Stone, tu connais? (Kate acquiesça.) Elles, personne ne leur a jamais demandé de faire autre chose que leur métier. On les a engagées pour être ce qu'elles étaient, historiennes de haut niveau, anthropologues, peu importe.

— Autres temps, autres mœurs.

Janet brisa son petit pain avec une ardeur excessive.

— Toutes ces niaiseries, j'en ai horreur. Je trouve grotesques ces « il ou elle » à chaque détour de phrase et autres absurdités du même style. Il me semble, en toute honnêteté, que si une femme a la carrure et la volonté de réussir elle le peut. Je l'ai fait. Tu l'as fait aussi.

Elle l'avait dit. Kate n'en était guère surprise, mais elle l'avait dit haut et clair. Janet voulait croire, aveuglément, que l'époque n'y était pour rien. Que si Harvard avait fait appel à elle, c'était pour sa seule compétence, en juste réparation d'un oubli. Cette conviction, elle s'y cramponnait avec désespoir.

Kate cherchait que répondre. Pareille véhémence cachait un désarroi. Que faire, sinon détourner la conversation — dire n'importe quoi de banal. Mais Kate n'eut pas le temps de trouver un sujet neutre. En face d'elle, Janet suffoquait. Un sanglot lui échappa. Plus rien n'endiguerait le flux. Janet enfouit son visage dans la serviette de table, par-dessus le pâté en croûte. Kate fit signe au serveur, lui tendit sa carte de crédit, expliqua que son amie était prise d'un malaise. La minute d'après, elles gagnaient l'air libre et s'éloignaient à pied le long de la rue du Mont Auburn. La nuit était glacée. Kate se dit qu'elle boirait bien un verre.

Trouver à boire était chose facile, Kate s'en aperçut sitôt qu'elles eurent gagné l'appartement de Sylvia — laquelle était, par bonheur, authentiquement « prise ailleurs » et non pas dans ses pantoufles. Calmer Janet se révéla plus difficile. Kate la laissa un instant seule avec ses larmes et s'éclipsa à la cuisine en quête de nourritures substantielles. Elle revint peu après, munie de fromage et de biscuits salés. Janet refuserait sans doute d'y toucher mais Kate estimait sage de neutraliser les effets de l'alcool — et puis elle avait faim.

La soirée s'annonçait longue. Encore, s'il en sortait quelque chose ! Mais tout ce qu'elle pourrait faire ou dire n'aurait sans doute aucun effet et, selon toute probabilité, lorsque Janet serait calmée, elles reprendraient leur babillage anodin. Kate déposa son plateau et jeta un regard machinal vers les portes-fenêtres qui donnaient sur le fleuve. Chaque matin, très tôt — elle le découvrirait bientôt —, les sportifs des collèges voisins s'entraînaient à l'aviron et les aboiements des barreurs valaient bien le chant du coq. Mais elle n'en savait encore rien et la vue était splendide, apaisante. Ce soir, plutôt qu'un gin-vermouth, elle prendrait un café. D'ailleurs, c'était encore une excuse pour disparaître à la cuisine.

Lorsqu'elle regagna le séjour, Janet avait séché ses pleurs. Au grand soulagement de Kate, elle ne présenta pas d'excuses. En fait, lorsqu'elle prit la parole, ce fut même plutôt sur un ton discrètement accusateur.

— Je me demande pourquoi j'ai demandé à te voir, au fond. Nous étions du même bord, autrefois, toi et moi. Je me suis dit que peut-être nous étions toujours dans le même bateau, si tu vois ce que je veux dire. Tu avais l'air tellement attachée aux valeurs traditionnelles, tellement — comment dire ? Tellement ancrée...

— Dans l'ordre établi ?

— C'est un peu ça. Ne me dis pas que tu crois à ces inepties en vogue, les *women's studies* et autres sections spécialisées. A-t-on jamais étudié la condition masculine ?

À nouveau, elle s'échauffait. Kate opta pour la fermeté.

— Écoute, Janet. Si nous voulons progresser un peu, laissons de côté pour l'instant toute digression sur le féminisme. Ce n'est pas qu'il n'y ait pas matière à discussion et je serai ravie d'en reparler avec toi, mais pas ce soir. Pour l'instant, il vaudrait beaucoup mieux que tu me dises ce que tu attends de moi, qu'en penses-tu ?

— Avant qu'on me propose un poste ici, je connaissais déjà deux ou trois de mes collègues du département d'anglais. Ils m'avaient invitée à dîner, ils s'étaient montrés extrêmements cordiaux, amicaux même. À partir du moment où je suis entrée dans la place, ils ont changé radicalement. Depuis que j'enseigne ici, je suis au milieu d'un désert. Oh ! ce n'est pas l'ennui qui me guette. À Harvard, si on voulait, on pourrait sortir tous les soirs, et je ne manque pas d'occupations. De plus, depuis mon arrivée, j'ai souvent été invitée par des jeunes assistantes d'un peu tous les départements, très gentiment d'ailleurs, mais...

— Mais pas par tes confrères. Ils sont courtois quand tu les croises mais gardent leurs distances. Je me trompe ?

— Non, c'est tout à fait ça. Et puis, un jour, sur le papier à en-tête du département, j'ai reçu un petit mot m'invitant à une soirée donnée à Warren House. Tu sais, dans la grande salle avec balcon vitré...

— Oui, j'ai vu l'endroit, dit Kate. Jolie salle, pour une réception.

— À mon arrivée, j'ai tout de suite noté que la moyenne d'âge était basse. Des maîtres assistants, des chargés de cours sur leur trente et un. Je me suis dit que sans doute les professeurs viendraient plus tard dans la soirée — à Harvard, on ne sait jamais, les coutumes sont bizarres. Bref, j'ai accepté un verre d'un jeune homme tout à fait charmant. Ensuite, je ne me souviens de rien.

— Et le fil reprend où et comment?

— Quand je suis revenue à moi, j'étais dans cette baignoire avec de l'eau jusqu'au cou. Et il y avait cette fille, que je n'avais jamais vue, qui me disait : « Mais m… quoi! Vous sortez d'où? Vous êtes qui? » À ce moment-là, plusieurs jeunes gens sont montés, ils nous ont trouvées, et l'un d'eux a dit bien haut : « Vu. Maintenant, on sait à quoi s'en tenir. Toutes les mêmes, ouais. Toutes des… »

— Des quoi, des gouines? compléta Kate un peu durement.

Janet s'était remise à pleurer.

— Oui, ce mot-là ou un autre.

— Janet, enfin! la raisonna Kate. Ne me raconte pas que ce genre d'insulte te touche encore. Tu es titulaire depuis des années, avant Harvard c'était ailleurs, mais enfin, tu es professeur. Que crois-tu que ces messieurs aiment à dire de bas-bleus comme nous, surtout de celles qui vivent seules? Quand nous étions étudiantes, ils nous traitaient de viragos, à présent nous ne pouvons être que lesbiennes. J'ai peine à croire que ces bêtises t'entament.

— Elles me blessent. Je n'arrive même pas à prononcer tous ces mots que tu emploies gaiement.

— C'est bien là-dessus qu'ils tablent, figure-toi.

— Ces femmes en croquenots et salopette, j'en ai horreur.

Kate en oublia ses bonnes résolutions.

— Mais en revanche, je le parie, dit-elle avec une

pointe de cynisme, tu n'as rien contre leurs homologues masculins. Ils sont si courtois, n'est-ce pas ? Ils font de si charmants chaperons. Oh, Janet, rassieds-toi, je te prie — je te demande pardon. Quel que soit ton point de vue et quel que soit le mien, une chose est sûre : c'est un coup monté. Non seulement on a fait en sorte que tu sois retrouvée ivre morte, mais encore on s'est assuré que tu te trouves en compagnie d'une féministe déclarée. Autrement dit, on a mis le paquet, sans doute parce qu'on estimait que la situation était grave. Toute la question, bien sûr, est de savoir qui est « on ». Et pourquoi ledit « on » a fait ça.

— Pourquoi ? C'est l'évidence : pour me discréditer.

— Certes, mais pourquoi te discréditer ? Est-ce à toi qu'on en veut, à toi personnellement ? Est-ce, d'une manière plus générale, aux femmes professeurs à Harvard ? Aux femmes titulaires de chaires dans les grandes universités ? Voire aux femmes en général ? Ou n'est-ce bêtement, et pourquoi pas, qu'une plaisanterie stupide ? On a cherché à te démoraliser et à te faire perdre la face, c'est un fait, mais est-ce bien toi qui étais visée, ou le généreux donateur, ou Harvard, ou le mouvement féministe ? Et encore une fois, au risque de radoter, qui a fait le coup ?

— Tu crois que je pourrais boire quelque chose, tout compte fait ?

— Que veux-tu, du whisky ? Remarque, il semblerait que ça donne le cancer, aux dernières nouvelles.

Janet sourit ; elle se ressaisissait.

— Au point où j'en suis... Non, plutôt un Campari à l'eau gazeuse, si tu as.

Elle se tut et regarda Kate la servir.

— Je vais te faire un aveu, reprit-elle avec un

soupir. Je ne me suis jamais sentie très proche de toi. Je le regrettais, dans un sens. Tu avais toujours l'air si sûre de toi, comme si…

— Attention. Si tu dis que j'avais l'air de sortir d'un écrin, je ne réponds pas de moi.

— Je t'enviais un peu. Je ne sais pas d'où m'est venue cette idée que tu pouvais m'aider. Mais il faut dire qu'ici mes rares consœurs sont à peu près inabordables — quand elles ne sont pas elles-mêmes féministes convaincues et persuadées que je le suis aussi. Si bien…

— Janet, écoute-moi. Je suis ici. Sylvia est ici. Nous ferons de notre mieux pour t'épauler. Tu peux faire appel à nous sans redouter de grands discours féministes, pas plus de ma part que de la sienne. Mais de ton côté, je t'en prie, ne fais pas de militantisme à rebours. Consulte-nous, viens nous parler, nous tâcherons de t'aider, de découvrir au juste de quoi il retourne. Mais — et c'est un mais d'importance — il faut que tu fasses comme s'il ne s'était rien passé. Rien. Tu as du répondant, de la dignité, une solide réputation professionnelle, c'est là-dessus que tu vas devoir jouer. Je ne dis pas que ce sera facile, ni rapide, mais les choses se tasseront, tu verras. Pour le moment tu as peine à me croire mais avec le recul du temps tu en riras. D'ailleurs, tu n'as pas tellement le choix, réfléchis. À moins de prendre une retraite vraiment très anticipée, tu n'as qu'une option : faire oublier l'épisode. C'est le seul moyen de conserver tes chances d'être réclamée ailleurs.

— Mais comment ai-je pu me retrouver dans cette baignoire ?

— Tu ne prends jamais que du Campari soda, je parie ? Bon, alors, c'est simple : ton Campari soda, il contenait autre chose. Je t'en sers un deuxième ?

Le lendemain, Kate entra en contact avec Radcliffe comme on plonge dans un monde à part. Là, au moins, être femme ne posait aucun problème. Harvard ignorait ces dames? Hormis certains détails d'intendance, elles rendaient la politesse au centuple.

Kate eut droit à une visite guidée. On lui montra d'abord son bureau, puis la salle de réunions, les cuisines, les équipements divers. Sa réaction instinctive fut un violent désir de regagner son bureau pour s'y enfermer et s'y plonger dans quelque tâche de bénédictin.

Elle s'était trouvé un sujet de recherches qu'elle aurait à présenter lors d'une conférence publique prévue pour la fin du semestre. Mais ce matin-là, à vrai dire, elle avait peine à se souvenir du sujet choisi.

Restée seule dans son bureau, elle s'assit dans le fauteuil qui s'offrait là et se laissa aller à une sorte d'état second. Juste devant la fenêtre, un vieil orme déployait ses rameaux. Il commençait à neiger sur la cour. Kate posa les pieds sur son bureau et contempla le paysage. Cette neige qui tombait, lente et digne, s'accordait bien avec la grisaille du vieux collège universitaire. Dans la tête de Kate, les pensées tournaient en rond.

Sylvia et elle étaient restées à discuter de Janet après que cette dernière, au retour de Sylvia, eut été réexpédiée chez elle en taxi. Kate avait confessé s'être demandé un moment si Janet n'était pas elle-même allée se plonger dans cette baignoire, le soir de l'incident, dans un instant d'aberration, Dieu seul savait pourquoi et comment.

— J'y ai songé aussi, avait avoué Sylvia. Seulement, dis-moi d'où serait sortie l'autre protagoniste, la militante féministe? Il a bien fallu que quelqu'un l'appelle et ce quelqu'un était suffisamment informé pour raconter que c'était une « sœur » qui réclamait du secours. Kate, tout à fait entre nous : se pourrait-il que ces féministes aient résolu de s'en prendre à celles qui ne suivent pas leur mouvement ? Bon, moi non plus, je n'y crois guère, mais il faut tout envisager, tu es bien d'accord ? Tu te souviens de cette histoire, il y a un an ou deux : ce type dont on racontait qu'il voulait faire paître une vache sur les pelouses de Cambridge, en invoquant le droit de pâturage jamais officiellement aboli depuis le XVIIe siècle. On disait qu'il gardait sa vache dans sa salle de séjour. D'accord, moi aussi je suis sceptique mais on ne prête qu'aux riches, non ? Je ne sais pas ce que tu penses de tout ça...

Ce qu'elle en pensait, Kate ne le savait trop, et pas plus ce matin que la veille. Elle s'apprêtait à réexaminer la question lorsqu'un coup à sa porte mit fin à sa méditation. Elle reprit une attitude digne de ses hautes fonctions.

— Entrez, dit-elle comme on pose une question.

Elle s'attendait à une visiteuse mais c'est un visiteur qui entra. Ancien camarade de fac, il se trouvait être aussi le premier homme à qui elle eût jamais accordé ses faveurs. Non que ce fût un souvenir transcendant, mais les fois suivantes, à vrai dire... Ce qui n'avait pas empêché le gentleman en question de convoler avec une certaine Janet.

— Moon ! s'écria-t-elle, surprise d'avoir encore l'usage de sa voix. Qu'est-ce que tu fais ici ?

— Ici, à Harvard ou à Radcliffe ? À Harvard, j'enseigne l'art d'écrire. Pour ce qui est de Radcliffe, j'ai appris ton arrivée dans la *Gazette*. Alors je suis venu me balader dans le secteur, j'ai demandé où était ton bureau et me voilà. Comment vas-tu, comment vont les choses ?

— Les choses vont bien mais moi, franchement, je pourrais aller mieux. Dans un sens, j'ai rarement connu pire. Je suis dans le pétrin. Mais ne me demande pas comment je m'y suis mise et moins encore comment je vais m'en sortir.

— Curieux, mais la première fois que je t'ai rencontrée tu m'as dit la même chose. Ne fais pas ces yeux ronds, tu as peut-être oublié mais moi non. C'était à propos de ton mémoire de maîtrise. Tu ne savais pas comment tu t'étais embarquée là-dedans, etc. Moyennant quoi tu t'en es tirée avec mention très bien et félicitations du jury, mais ça, chez toi, c'était une habitude. C'est bon de te voir, tu sais. Tu as une mine splendide, comme toujours.

— Toi aussi. C'est le gros avantage de la presbytie, je dirais : tout le monde a bonne mine. Blague à part, tu m'as l'air en forme. Janet sait que tu es ici ?

— Évidemment. Bien mieux : c'est moi qu'elle soupçonne de l'avoir attirée dans cette baignoire pour satisfaire je ne sais quel noir dessein. Tout bêtement, on m'a proposé d'enseigner ici et je me suis dit pourquoi pas ? Au moins, ça me permettait de revoir l'Est. Je suis donc venu sans trop me faire prier. Entre elle et moi, personne n'a fait le rapprochement. Les Mandelbaum, ce n'est pas ce qui manque. Voilà, et te voilà ici aussi, honorable chargée de cours et amie de la-Janet-à-la-baignoire.

— Moon, si tu prononces encore ce mot de baignoire, je… Je ne sais pas ce que je ferai mais ce sera terrible. Pourquoi as-tu épousé Janet ? s'entendit demander Kate malgré elle.

— Elle était belle, répondit Moon, visiblement

résigné à voir cette question resurgir périodiquement, à propos de tout et de rien. Elle était belle et, plus que toi encore, elle incarnait le monde des Gentils. Pour elle, c'était le mariage ou rien. Non pas parce qu'elle accordait du prix à sa virginité, comme c'était souvent le cas à l'époque, mais plutôt parce que le lit ne l'intéressait que très modérément. Janet n'est pas la chaleur même, dis-toi bien. Ni l'indulgence incarnée. Et toi, au cas où tu l'aurais oublié, tu fuyais toute idée de mariage.

— Pas l'indulgence incarnée, c'est-à-dire ?

— Untel l'a insultée : éliminé. Untel a des manières qui lui déplaisent : éliminé — et ainsi de suite. Elle a la faiblesse d'admirer les hommes qui la dominent, j'ai eu la faiblesse de jouer les dominateurs, et nous nous sommes retrouvés devant l'autel. Au grand regret de ses parents, et au mien un peu plus tard. Depuis, elle s'est offert une jolie carrière universitaire et moi je me suis déniché une petite chaire à Minneapolis où j'enseigne l'art de tenir une plume. Tu as fini par te marier, à ce qu'on m'a dit ?

— Oui, dit Kate. Diable, il y avait donc si longtemps que nous ne nous étions pas vus ? Pour le moment, mon cher mari parcourt le globe : l'Afrique, l'Asie, les pays en voie de développement. Un autre monde.

— Je vois. Moi, j'ai convolé deux fois depuis. Rien à faire, ça ne dure jamais. Le problème vient peut-être de moi, note bien, mais je dirais plutôt qu'il vient des femmes. Elles me veulent seigneur et maître et je n'ai aucune envie de l'être. Pas plus que de réussir dans la vie. Ce que j'aime, moi, c'est l'amour, et chanter. J'ai été ravi d'apprendre que tu étais dans le secteur. Harvard est à crever d'ennui. Avec toi, ce sera moins terrible.

Kate leva les yeux sur lui. Après tant d'années (combien ?), il n'avait pas vraiment changé. Peut-être avait-elle besoin de lunettes, mais il apparaissait identique à lui-même. Il avait gardé cet air doux, ce quelque chose d'indéfinissable et d'infiniment attirant. Il produisait sur elle le même effet que naguère, son charme opérait toujours — jusque dans ce petit bureau, entre les murs austères de Radcliffe. Or elle avait, ces temps derniers, tant pris sur ses réserves et sur ses forces qu'elle ne se sentait pas de taille à résister. Ou plutôt, elle ne résisterait que si Moon ne devinait pas. Mais Moon avait toujours deviné.

— Tout ce que j'ai, dit-il simplement, c'est une piaule pas bien reluisante sur Central Square, avec cuisine et salle d'eau. Un matelas à même le plancher, ma guitare, le reste d'une bouteille de tequila que m'a laissée un étudiant de maîtrise l'an dernier — un qui pourrait écrire des choses pas trop mal venues, un jour, si les petits cochons ne le mangent pas. Tu es occupée ?

« N'oubliez pas de fermer à clé en sortant », avait rappelé à Kate la jeune femme qui lui avait montré son bureau. Kate n'oublia pas.

CHAPITRE CINQ

Les journées de Kate à Harvard ne tardèrent pas à prendre forme. Le matin, elle travaillait dans son bureau à Radcliffe. Sa conférence était prévue pour la fin mai, ce qui lui laissait le temps de voir venir. Au fil des jours, elle fit connaissance d'autres chargées de cours — des femmes cultivées qui partageaient avec elle les privilèges du lieu : du temps et de l'espace bien à soi, et la proximité de ses semblables.

Lorsqu'elle posait la plume et refermait ses livres, elle allait prendre l'air et marcher, toujours du côté du cimetière du Mont Auburn, tantôt seule, tantôt avec Moon ou une amie. Cambridge était pauvre en lieux de promenade à cette époque de l'année. À la stupéfaction de Kate, que New York avait habituée à plus d'égards, les services municipaux n'enlevaient jamais la neige des trottoirs. La couche de la veille, fondue puis regelée, formait une patinoire, si bien que marcher vite — voire marcher tout court — devenait un périlleux exercice. Or Kate avait besoin de marcher, elle en avait besoin tous les jours, tout comme elle avait besoin de solitude. Le cimetière était son salut. Seuls comptaient pour elle les arbres, les oiseaux, les plans d'eau. Le printemps, lui avait-on promis, rendrait leur gloire aux cerisiers du Japon et autres prunus à noms latins. Henry James et William D. Howells avaient eux aussi longuement déambulé là en débattant de l'avenir de la littérature. Kate n'avait pas souvenir, à New York, d'être jamais allée se recueillir sur une tombe sauf peut-être, dans sa prime jeunesse, sur celle du général Grant.

En attendant, le mystère de la funeste aventure de Janet Mandelbaum demeurait entier. Janet avait peu d'amis et s'en faisait difficilement. Elle ne semblait tenir qu'à moitié à la compagnie de Kate, et leurs rencontres, assez espacées, ne les rapprochaient pas d'un pouce. La seule chose qui semblait certaine était que Janet avait fondé sur Harvard des espoirs fous, dénués du réalisme le plus élémentaire. Ce qu'elle s'était attendue à trouver, Kate le devinait assez bien. À son poste précédent, reconnue pour sa compétence au sein de son département, Janet avait été acceptée par ses collègues masculins qui la tenaient pour l'un des leurs — au moins en apparence, mais suffisamment en tout cas pour lui épargner tout état d'âme. Elle en avait conclu que la compétence suffisait ; que toute femme pouvait réussir, à condition d'être qualifiée. Elle avait rallié Harvard, persuadée de retrouver le même état d'esprit — juste un cran d'excellence au-dessus. La réalité s'était chargée de mettre les points sur les *i*.

Kate commençait à désespérer. Sa présence à Harvard ne changerait rien à rien. C'est alors que le destin lui offrit, coup sur coup, deux chances sur un plateau. Pour commencer, un matin, comme elle longeait la rue Brattle en direction de Radcliffe, elle repéra une silhouette canine qui lui parut familière. Jocasta. Les chiens de Cambridge, elle l'avait noté, avaient autant de personnalité que les habitants du lieu. Accompagnés ou non, ils vaquaient à leurs occupations avec une indépendance remarquable. On les voyait longer les trottoirs, traverser les rues sans hâte, ou même attendre patiemment au bout de laisses purement virtuelles, à la porte des boutiques dans lesquelles leurs maîtres avaient disparu. Assise sur son derrière, Jocasta attendait. Kate se posta devant la chienne et guetta une réaction, grognement ou signe amical. La bête allongea le museau en direction de la main de Kate, puis s'enhardit à la lécher. Kate s'inclina et caressa le crâne de la chienne, puis elle entra dans le magasin en quête de sa maîtresse.

C'était une boutique de fleuriste où l'on vendait aussi de fort beaux fruits. Joan Theresa n'avait pu résister. Elle sortit du magasin avec Kate, croquant une pomme à belles dents, une grosse grappe de raisin dans l'autre main. (« Pas de sac en papier, merci. Un peu de pitié pour nos forêts », avait-elle dit à la vendeuse.) Elle proposa à Kate une bouchée de sa pomme. Kate y planta les dents et en arracha un morceau. Puis elle entra dans le vif du sujet :

— Désolée de n'être pas encore venue prendre un café rue Hampshire. Mais quand on est à Harvard, c'est bizarre, on en vient à oublier que le reste de Cambridge existe. Comment va votre amie, celle qui a découvert Janet Mandelbaum dans la baignoire ?

— Luellen May ? La pauvre, ça ne va pas fort, ça va même très mal pour elle. Tous les ennuis lui tombent dessus, surtout du côté de son ex. À cause des gosses, comprenez. Mais si vous veniez chez nous, un de ces quatre, voir si vous pouvez quelque chose pour elle ? Je ne sais pas, moi, rien que lui remonter le moral ?

— Je viendrai, dit Kate en se penchant pour froisser les oreilles de la chienne.

Cette bête me rend gâteuse, songea-t-elle.

La seconde chance offerte par le ciel prit la forme d'un petit mot à son nom qui l'attendait à l'institut. « Prière d'appeler le professeur Sladovski au numéro suivant. » Avant de former le numéro en question, Kate consulta l'annuaire de Harvard. Le professeur Andrew Sladovski était maître assistant au département d'anglais. Elle réfléchit un instant avant de passer à l'acte. Curieux que jusqu'alors aucun représentant du département d'anglais n'eût jugé bon de lui faire signe, et qu'elle-même n'eût pas non plus cherché à entrer en contact avec l'un d'eux. Mais bien sûr, c'était Harvard ; les règles habituelles n'avaient pas cours. D'ailleurs, peu importait. Peut-être ce professeur Sladovski allait-il lui permettre de briser les lignes de défense ? Certes, il pouvait aussi se révéler l'un de ces miséreux sans chaire et désespérément en mal de « contacts ». Bah ! si tel était le cas, tant mieux. Kate se faisait fort de se servir de lui autant qu'il escomptait se servir d'elle.

Le professeur Sladovski — « Appelez-moi Andy » — se déclara enchanté de l'avoir au bout du fil. Lui ferait-elle l'honneur de venir dîner chez lui ce soir même, si elle était libre ? Sa femme et lui se feraient un plaisir de la rencontrer. Kate avait à peu près autant d'attirance pour les dîners en ville que pour la mort par noyade ou le saut en parachute, et ne se fit pas faute de le dire.

— Mais qui vous parle d'un grand dîner ? Il n'y aura que moi, Lizzy (c'est ma femme) et Penny Artwright. Penny est maître assistant au même département que moi. Nous avons pensé que peut-être vous aimeriez bavarder un peu. Lizzy a entendu parler de vous, de source bien informée. Le rapport était excellent, je le précise.

— En ce cas, et si vous me pardonnez d'avoir été si franche, je viendrai volontiers.

— Pas de régime particulier à prévoir ?

— Non, je mange de tout sauf du beurre de cacahuète et je bois de tout sauf du Coca-Cola. Suis-je autorisée à apporter du vin ?

— Bonne idée. Merci. À ce soir sept heures, donc. (Il lui indiqua l'adresse.) J'oubliais : vous pourrez fumer, ça nous est égal.

— Vous puisez en effet vos informations à de bonnes sources, commenta Kate.

Kate raccrocha, le moral nettement meilleur.

Andy et Lizzy Sladovski habitaient au second étage d'une maison du vieux Cambridge que Harvard, pourtant tout proche, n'avait pas encore absorbée dans sa croissance tentaculaire. Kate n'était pas là depuis dix minutes, assise dans ce vaste séjour à l'ancienne, que déjà elle se sentait à l'aise. Refusant le vin qu'elle avait apporté, elle accepta un whisky et acheva de se détendre. Ce qu'il y avait de sympathique chez Andy et Lizzy, c'était cette qualité devenue assez rare : une intelligence sereine et sans prétention aucune. Lizzy apprit à Kate qu'elle était infirmière dans un grand hôpital et qu'on venait de lui proposer récemment un poste à hautes responsabilités administratives. Elle avait décliné l'offre.

— Penny pense qu'on ne doit pas rester éternellement au même endroit. Il faut aller de l'avant, sans quoi l'on piétine. C'est une loi de la nature selon elle. N'est-ce pas, Penny ? disait Lizzy, prenant son amie à témoin.

Contrairement à ses hôtes, catholiques d'ascendance polonaise, Penny Artwright était protestante et d'origine anglo-saxonne — en d'autres termes, une pure W.A.S.P. comme Kate, et comme elle tout à fait lasse de la tendance de son clan à l'autosatisfaction élevée au rang de mode de vie. Ce qui ne l'empêchait pas de s'habiller chic et d'être un tantinet plus tendue que ses hôtes. Kate nota au passage l'aisance d'Andy Sladovski au milieu de ce trio féminin.

— On ne se croirait vraiment pas à Harvard, fit-elle observer en s'étirant d'aise. Pas très original, comme remarque, mais réconfortant. Il est vrai que le confort est rarement original, quand on y pense. Diable, je n'ai pourtant pas bu grand-chose encore et me voilà déjà aux pensées profondes. L'atmosphère doit me convenir.

— C'est vrai que Harvard vous met sur les genoux, dit Penny. Les gens ne dételLent jamais. Des forçats de la réussite.

Ils dînèrent à la cuisine, une véritable pièce à vivre, aux proportions d'un autre siècle. Elle ouvrait sur une galerie couverte. Tandis qu'ils dînaient aux chandelles, Kate se fit la réflexion que c'était la première fois qu'elle se sentait si bien à Harvard. Non que Sylvia la mît mal à l'aise, et Moon moins encore. Mais Sylvia, c'était Washington, D.C. — l'efficacité, la stratégie, la chasse aux minutes gaspillées. Et Moon, à l'inverse, prenait les choses avec tant de flegme que sa présence avait des effets pervers. Avec lui, Kate se sentait presque trop décontractée, vaguement euphorique. Alors qu'ici, pour la première fois depuis qu'elle avait quitté New York, elle se sentait elle-même, simplement. Elle s'apprêtait à sacrifier un peu de ce doux confort pour aborder le sujet de Janet Mandelbaum lorsque Lizzy s'en chargea.

— Si nous avons bien compris, vous avez fait vos études avec la nouvelle « reine des abeilles » du département, demanda-t-elle à Kate.

— Vous avez parfaitement compris. Nous étions même les deux seules thésardes à l'époque.

— Parions que notre Janet s'en tirait brillamment.

— Plus que brillamment. Elle brillait aussi par sa beauté. Elle était vraiment sur la crête de la vague en ce temps-là, elle serait plutôt dans un creux aujourd'hui.

— Vous n'allez tout de même pas la défendre ! s'écria Andy.

— Mais si, bien sûr, le contredit Kate. Janet est un cas à part. Aucun de vous ne peut savoir combien elle s'est battue pour arriver où elle est. C'est normal : pour le mesurer, il faut être passé par là. Elle n'a pas bénéficié de traitement de faveur, croyez-moi. Les insultes, les coups bas de la part de ceux qui ne tolèrent pas qu'une femme réussisse, elle y a eu droit. L'ânerie monumentale, c'est de l'avoir nommée, elle, à ce poste. Si seulement l'un des crétins de la commission chargée de faire le choix avait songé à consulter une femme, ne fût-ce que pour demander quel genre de personne avait des chances de supporter les tensions qu'impliquait le poste, on n'en serait pas là. Mais puisque c'est elle qui a été désignée, oui, je la défendrai.

— Nous avions entendu dire que vous ne l'aimiez qu'à moitié, hasarda Penny.

— Ai-je dit que je l'aimais ? Pas facile d'aimer quelqu'un comme elle, qui fuit tout intimité, refuse toute confiance mutuelle. Non, je ne recherche pas la compagnie de ce genre de personne. Janet a tout de l'oursin. Je n'ai pour elle aucune attirance, je ne la trouve pas attachante non plus et je ne suis pas la seule, Dieu sait. Cela dit...

— Pensez-vous qu'ils aient fait exprès de choisir quelqu'un que personne n'aimerait ?

— Pas impossible, quand on les connaît, avança Andy. Ce qui me frappe, c'est que même ce vieux Clarkville n'ait pas réussi à l'aimer. Pourtant, on aurait pu croire qu'elle était tout à fait du genre à le séduire. (Il prit sa femme à témoin.) C'est terrible quand on ne peut pas voir quelqu'un en peinture. Racisme, sexisme, on met tout à contribution. Mais c'est pourtant vrai que Clarkville est un boulet que le département traîne. Il faudrait le virer, mais qui osera le faire ? Vous savez qu'il pense qu'on n'aurait jamais dû laisser entrer une femme à Widener, jamais dû mettre fin à la guerre au Viêt-nam, que Nixon a été victime d'un coup monté, que tous les syndicats devraient être interdits, et j'en passe ? Bon. Qu'est-ce qui m'a aiguillé sur Clarkville ?

— Tu disais que lui non plus ne peut pas sentir Janet.

Kate se tourna vers Penny.

— Et avec vous, comment est-il ? Du genre mufle ?

— Clarkville ? Pas vraiment. Plutôt paternaliste, vaguement séducteur, porté sur la galanterie. Il sait que je suis désarmée, il se sent noble et généreux de me traiter avec courtoisie. Je dirais même qu'il en rajoute. Mais je ne m'y trompe pas : ce n'est pas lui qui me soutiendrait pour me faire attribuer une chaire, pas plus ici qu'ailleurs. Son rapport sur moi, je le vois d'ici : « Très brillante pour une si jeune et jolie femme. »

Elle renversa sa chaise en arrière et la ramena en avant brusquement.

— Je vais vous le dire, moi, ce que je pense de Clarkville et des autres, et de la petite idée qu'ils avaient derrière la tête quand ils ont choisi Janet. Tu vas m'accuser de paranoïa, Lizzy, mais je mettrais ma main à couper que je suis dans le vrai. Janet a été choisie avec une rare clairvoyance : comme il n'était pas question de refuser cette donation, ils ont pris soin d'élire une candidate qui non seulement possédait la compétence requise mais encore dont ils savaient — vous êtes prêts ? — que ses nerfs finiraient par lâcher.

— Bien franchement, je ne crois pas, déclara Andy tout net. Janet est peut-être un peu secouée à l'heure qu'il est, mais je peux vous garantir qu'à son arrivée ici, ce qui frappait en elle, au contraire, c'était l'impression de solidité qu'elle donnait au premier coup d'œil. C'était bien la dernière personne dont on pouvait imaginer qu'elle craquerait un jour.

— C'est leur faire trop d'honneur, surtout, dit Kate.

Mais la remarque la laissait songeuse. Et s'ils avaient deviné — qu'ayant bénéficié, dans son université d'origine, du soutien d'un cercle fidèle, d'ailleurs exclusivement masculin — Janet souffrirait de se retrouver isolée, écrasée par la superbe indifférence de Harvard ?

— D'accord, admit Penny. C'est peut-être leur faire trop d'honneur. Et le fait est que tous ceux qui ont été invités par Harvard pour s'y retrouver ignorés, que ce soient de simples chargés de cours ou de grands professeurs cotés, tous ont fini tôt ou tard par se croire victimes d'une conspiration du silence. Alors qu'il s'agit seulement des manières habituelles du lieu. N'empêche. Si on n'a pas cherché à la faire craquer, alors pourquoi l'avoir droguée, fourrée dans une baignoire, pourquoi avoir appelé auprès d'elle la personne la plus compromettante possible, à ses yeux du moins ?

— Mais qui serait ce « on » qui aurait voulu la faire craquer ? demanda Kate.

— Un exécuteur de basses œuvres soudoyé par Clarkville, à mon avis, déclara Andy. Un de ses acolytes lors de la fameuse soirée.

— En ce cas, fit observer Kate, le résultat n'a pas été à la hauteur de ses espérances. La rumeur s'apaise et Janet tient bon, que ce soit ou non grâce à la présence de Sylvia et à la mienne. Le truc de la baignoire a échoué.

— Honnêtement, Kate, dit Penny tout à trac, je regrette bien que ce ne soit pas à vous qu'ils l'aient offerte, cette chaire.

Andy opina.

— Je suis flattée et ravie du compliment. Seulement, ils n'ont pas osé. Ils savaient que je dirais non, mais ils n'ont pas pris de risque. Une féministe, ici, une vraie, et titulaire d'une chaire, pourrait causer beaucoup de... bon, peut-être pas des dégâts, mais des vagues à coup sûr, beaucoup de vagues. Or c'est justement ce que Harvard redoute le plus, les vagues. Comme Yale et Princeton d'ailleurs. Ils sont prêts à tout pour les éviter. Et le meilleur moyen est de passer au crible les gens qu'on laisse entrer. De les filtrer avec soin, en qualité comme en quantité.

— Il semblerait que même les étudiants soient filtrés selon ces critères, ajouta Andy. En tout cas, d'aucuns le prétendent.

— C'est un peu fort, intervint Lizzy. Ici, dès qu'on est plus de deux, toutes les conversations reviennent à Harvard. Avant l'affaire Mandelbaum, on trouvait d'autres prétextes : les mauvaises conditions de vie des étudiants, le pédantisme des mandarins, et j'en passe. Pour autant, Andy et Penny, quand on vous a proposé de venir là, vous avez sauté sur l'occasion, que je sache. Harvard vit sur sa réputation. Si parmi les meilleurs d'entre vous, étudiants et professeurs, certains se permettaient de dire non à Harvard et de lui tourner le dos, parions que Harvard en déduirait qu'il est peut-être temps de changer un peu. Mais quand on dispose du pouvoir, on peut s'offrir tout ce qu'on veut. Y compris des Kate Fansler, si je comprends bien.

— Oh, mais je ne suis pas à Harvard, objecta Kate. À Radcliffe simplement. Et ils ne m'ont pas achetée, je suis venue de mon plein gré. Tout l'or du monde n'aurait pu me faire venir ici. Il a fallu les ennuis de Janet et ma curiosité pendable. J'ai toujours été fascinée, au point que c'en est morbide, par ces monstres que sont les grandes institutions : l'armée, l'Eglise ou les universités de haut vol. On dirait d'énormes machines, des mastodontes en pleine digestion, des attractions de fête foraine. C'est plus fort que moi, il faut que je regarde. Et si ces choses se mettaient à bouger, à évoluer? On ne sait jamais. Je ne voudrais surtout pas rater ça.

— Autrement dit, vous êtes ici par pure curiosité?

— Par curiosité, oui, sans parler de la pression d'amis et même de bull-terriers. (Kate eut un sourire penaud.) Encore que si je suis venue, au fond, c'est surtout parce que je commençais à tourner en rond.

Quelques jours plus tard, Kate était à son bureau, le regard perdu vers la cour, occupée à bâtir des phrases. Kate modelait ses phrases comme le sculpteur la glaise. Le produit fini différait, mais le processus était le même, elle en était persuadée. Autour d'elle, tout était calme. Dans la cour enneigée, une silhouette féminine se livrait à divers exercices mais Kate l'avait vue si souvent que ses évolutions faisaient désormais partie du paysage. Aussi sursauta-t-elle lorsqu'on frappa à sa porte, non pas tout doucement, comme à l'ordinaire, mais de deux coups brefs, impérieux. Elle alla ouvrir et se trouva face à la gardienne raide d'indignation.

— Nous ne sommes pas censées prendre d'appels pour les chargées de cours, s'étrangla-t-elle. Si elles comptent recevoir des appels urgents, elles n'ont qu'à demander un téléphone dans leur bureau. Mais cette personne a insisté, il paraît que c'est une question de vie ou de mort. J'espère que c'est la vérité.

Aussi inquiète que contrite, Kate la suivit en silence. Elle prit le combiné avec un sourire d'excuses.

— Allô, oui ? Ici, Kate Fansler.

— Professeur Fansler ? Clarkville à l'appareil. Du département d'anglais.

Je m'en doutais, songea Kate. Jamais une femme n'aurait réussi à convaincre la gardienne que c'était urgent à ce point.

— Oui ? dit-elle seulement.

Le département d'anglais aurait-il enfin consenti à s'apercevoir de sa présence ?

— Je ne savais pas qui prévenir, je... Vous voudrez bien m'excuser. Janet Mandelbaum avait fait allusion à vous. J'ai appelé la police, bien sûr.

— La police ?

— Oui. Elle est morte, j'en ai peur. Je vous prie de me pardonner. Ce doit être un choc pour vous, mais...

— Où est-elle ?

— Elle… Dans… Dans les toilettes pour hommes. C'est là que je l'ai trouvée.

— Les toilettes pour hommes ?

— Ici, à Warren House. Il fallait prévenir quelqu'un, alors j'ai pensé à vous. La police va vous contacter, sans doute.

— Merci d'avoir appelé, dit Kate.

Elle raccrocha et regarda droit devant elle, assommée, d'un regard si fixe que la gardienne lui demanda s'il y avait quelque chose.

— Quelque chose ? répéta Kate hébétée.

Elle n'en dit pas davantage.

CHAPITRE SIX

— Alors, rapportait Kate, j'ai dit au policier : « Au printemps de 1970, pas une seule femme n'était professeur en titre à Harvard. À l'automne 1970, elles étaient deux. Des statistiques de ce genre, j'en connais un certain nombre. Si cela peut vous être utile... »

— Et qu'a-t-il répondu ? s'enquit Sylvia.

— Il m'a regardée comme si je sortais de l'asile, mais j'ai pu lui extorquer sans trop de mal un certain nombre d'informations.

— Sans insister trop lourdement sur le fait que tu partages la vie d'un ténor de la profession, un expert ès méthodes policières, recherches d'indices, adminicules et autres ?

— À vrai dire, j'ai seulement suggéré que je m'y connaissais un peu, qu'il arrive à Reed de marmonner dans son sommeil, de parler de poison, de corps déplacés après la mort, etc. Toutes choses qui ont dû contribuer à le rendre plus loquace.

— Justement, j'allais te demander : le corps a-t-il été déplacé ?

— Oui, Dieu soit loué. Dieu soit loué, parce que tu imagines le chambard s'il avait fallu justifier sa présence dans les toilettes pour hommes. Non qu'il soit si ardu d'imaginer une explication raisonnable, mais tu sais combien certains peuvent avoir l'esprit tordu et l'imagination perverse.

— Donc, quelqu'un a déplacé Janet après sa mort pour aller la déposer dans les toilettes pour hommes.

— Exact.

— Mais pourquoi? Ne me le dis pas, je le sais : pour la discréditer. Pour faire d'elle plus encore, d'une manière symbolique, celle qui cherchait à empiéter sur le territoire masculin. Pauvre Janet, elle qui abhorrait ce genre de femmes. La vie est injuste. Et la mort aussi. Ton policier a-t-il saisi tes fines allusions aux femmes titulaires de chaires à Harvard?

— Pas précisément. Pour eux, la grande priorité, c'est de déterminer la provenance du poison. Et aussi de faire le moins de vagues possible. Surtout, surtout, ne pas contrarier Harvard. On dira ce qu'on voudra du vieil antagonisme entre la ville et l'université, on ne m'ôtera pas de l'idée qu'à condition de graisser quelques pattes l'entente est parfaite. Inutile de le préciser, je fais partie des suspects. Ainsi d'ailleurs, et c'est une consolation, que pratiquement tout le département d'anglais. Luellen May et le reste des sœurs le sont aussi, ça c'est plutôt fâcheux. Le policier à qui j'ai parlé m'a paru assez clair sur ce point : il ne s'attend pas à devoir arrêter quelqu'un de la carrure de Clarkville. Ce qui ne fait qu'alourdir le dossier de ces pauvres sœurs.

— Je t'avoue que je me rangerais plutôt à son avis. Harvard a toujours su se dépêtrer des femmes sans avoir à les occire.

— Je serais moins catégorique que toi. Cette chaire semblait bien être le commencement de la fin pour certains partisans de l'ordre établi, crois-moi. Et qui, j'aimerais le savoir, aurait pu souhaiter la mort de Janet, sinon le département d'anglais qui ne voulait pas, n'a jamais voulu d'une femme titulaire à plein temps ? Je sais bien que de nos jours les policiers ne se soucient plus autant des mobiles, mais moi si. Qui d'autre avait quelque chose à gagner à cette mort ?

— Eh bien, justement, *quid* de ces dames qui tiennent un café rue Hampshire.

— Quel mobile voudrais-tu qu'elles aient eu ? Elles souhaitaient voir Janet se calmer, pas se faire trucider.

— Elles se tourmentaient beaucoup à son sujet, au point d'envoyer cette fille, cette... comment déjà ?

— Joan Theresa.

— Oui, Joan Theresa. Jusqu'à New York, en plus, rien que pour te faire venir ici.

— Et Jocasta.

— Qui ?

— Peu importe, dit Kate. Je m'écarte du sujet. Ce qui est certain, c'est que j'ignore à peu près tout du département d'anglais de Harvard. Sauf à consulter leur brochure, je serais en peine de citer trois noms de professeurs. Ma situation a dû sembler bizarre quand j'ai cherché à l'expliquer. Le malheureux policier avait du mal à me situer dans le tableau et il n'a vraiment pas compris pourquoi c'est moi que Clarkville a appelée en premier lorsqu'il a découvert le corps.

— Pauvre Janet, murmura Sylvia. Le fait qu'il n'y ait eu que toi à prévenir en dit long sur sa solitude ici. Sauf qu'il y avait Moon aussi.

— Clarkville ne sait sans doute rien de Moon. Tu n'es au courant de sa présence que par moi. Je suis sûre que Janet n'en avait parlé à personne, et Moon a tout fait pour éviter que quiconque fasse le rapprochement.

— Je me demande ce qu'il pense de l'affaire, lui.

— Moon? Je le saurai avant longtemps. Sylvia...

Il y eut un long silence.

Le sourcil interrogateur, Sylvia attendait la suite. Entre elles deux s'étendait un espace de non-dit, mais pas de ces choses tues que l'autre entend pourtant, comme il arrive entre amis. Chacune était seule sur son île. Ni l'une ni l'autre ne savaient plus quelle question poser, ni même qu'éprouver à l'égard de Janet, hormis la crainte et la pitié qu'inspire inévitablement la mort.

Kate se tourmentait pour Luellen May et pour le café de la rue Hampshire bien plus qu'elle ne l'avait avoué à Sylvia, bien plus qu'elle ne se l'avouait à elle-même. D'abord, il lui semblait évident que la police serait trop heureuse de faire de Luellen May son suspect numéro un. Il en fallait bien un, elle remplirait cet emploi à merveille. Ensuite, elle-même ne pouvait se défendre de soupçonner Luellen May. Pourquoi? Était-ce le signe que, malgré son peu d'estime pour Harvard, elle croyait ces messieurs au-dessus de tout soupçon, ou en tout cas moins suspects qu'une rebelle déclarée à leur institution? Ces pensées qui la hantaient n'avaient rien de confortable. D'autant moins, elle le savait, que si elle-même avait des doutes il était évident que la police les aurait aussi, et plutôt deux fois qu'une.

Elle était donc en route pour le fameux café, bien résolue à tâcher d'y voir clair. Son ignorance de l'univers de Luellen May et de Joan Theresa ne simplifiait pas le problème. De plus, elle s'en voulait de n'être pas allée plus tôt voir du côté de ces « sœurs » — avant la mort de Janet en tout cas. Elle se consolait en se disant qu'après tout on n'était encore qu'au début de février. Elle n'était là que depuis un mois à peine, même si ces semaines lui avaient paru des années.

La Prochaine Fois Peut-être (Café, Sandwiches, Salades) occupait le rez-de-chaussée d'une bâtisse typique de Cambridge, mais trop éloignée de Harvard pour redouter l'annexion. Au fond de la grande salle, une porte s'ouvrait sur la cuisine où deux femmes s'affairaient côte à côte. L'une d'elles semblait pétrir du pain et Kate l'observa un instant. La pâte était brune, élastique, sans doute faite de farine complète, ou enrichie.

Kate sentit un regard se poser sur elle puis se détourner. L'idée de ce genre d'endroit était de permettre à une femme d'entrer là seule et d'être assurée d'y trouver la tranquillité. Elle s'assit à une table et attendit un instant. Elle commençait à se demander si elle était censée aller se servir elle-même au comptoir lorsqu'une femme s'approcha et lui demanda ce qu'elle désirait. Kate commanda un cappuccino et un sandwich au nom mystérieux, puis elle demanda à voir Joan Theresa.

— Dites-lui que c'est Kate, précisa-t-elle, se souvenant de justesse que seuls les prénoms avaient cours ici. Je suis venue voir comment va Jocasta et parler de deux ou trois choses. C'est elle qui m'a invitée, d'ailleurs.

— Pas de problème, la rassura la jeune femme. Moi, c'est Betty. Je crois qu'elle est à l'étage.

Le sandwich mystérieux, lorsqu'il arriva, se révéla constitué d'une large tranche de pain complet garnie d'un assortiment de légumes, sans oublier les inévitables germes de soja. Rien n'aurait pu rassurer davantage que ce petit restaurant, avec ses cuisinières dans l'arrière-salle et ses murs couverts d'affichettes annonçant des concerts de quartier, des conférences-débats, des offres et demandes de logement. Non, le problème n'était pas de pénétrer dans un univers inconnu. Le problème était que le simple fait de se trouver là obligeait à se définir avec précision : soit l'on était venu en observateur, en intrus, soit l'on se qualifiait pour l'admission dans le groupe, ce qui semblait tout aussi réducteur. Quelqu'un avait naguère résumé le dilemme en ces termes : Rester à l'écart ? Difficile. Adhérer ? Impossible. Kate fut tirée de sa réflexion par l'arrivée de Joan Theresa suivie d'une autre jeune femme.

— Tiens ! dit Joan, ça au moins c'est une surprise. C'est parce qu'ils ont liquidé la malheureuse que vous êtes là, j'imagine. Je vous présente Luellen May.

Kate serra la main de Luellen.

— Et cette histoire de garde d'enfants, ça s'arrange ?

— Allez savoir ! Le problème, c'est que mon ex-mari, que ses propres amis appellent le monstre, ne veut pas vraiment les enfants. Il veut simplement faire en sorte qu'on ne me les confie pas. Comme il manœuvre pour me faire déclarer inapte, me trouver impliquée dans une affaire louche n'a rien pour arranger mon cas.

Aux yeux de Kate, Luellen May incarnait le type de femme à qui confier sans hésiter une nichée d'enfants — n'importe lesquels. Lue à voix haute devant un tribunal, la déclaration de Luellen aurait rendu un son vindicatif, voire diffamatoire. Prononcée de sa voix douce, elle devenait simple constat. Luellen rappelait quelqu'un à Kate, elle ne retrouvait pas qui. Ah, si :

une actrice de cinéma qu'avait jadis admirée sa mère, Madeleine quelque chose — Madeleine Carroll. Une femme à qui jamais aucun metteur en scène n'eût songé à confier un rôle de tueuse... Nom d'une pipe, songea Kate, je commence à dérailler. Mes pensées n'ont pas plus d'ordre que le tiroir du bureau de Reed. Elle s'attaqua à son sandwich.

— Il faut bien se dire, hasarda-t-elle enfin, que pour certaines femmes tous les hommes sont des monstres. Par conséquent, devant un tribunal, traiter un homme de monstre n'est sûrement pas la chose à faire. Ce genre de remarque risque d'être mal interprété.

— Vous semblez avoir compris la situation, commenta Joan Theresa.

— Ce que j'aimerais savoir, enchaîna Kate, c'est qui a pu vous appeler de Warren House. Comment les choses se sont-elles passées, au juste, ce soir-là ?

— Vous voulez dire la première fois ? demanda Luellen. Bien sûr, maintenant qu'on l'a tuée, la police me soupçonne d'y être pour quelque chose. On m'a posé des tas de questions. Est-ce que je n'ai pas pris part à des manifestations, à des marches de protestation dont des participants se seraient fait arrêter ? Est-ce que ce café que nous tenons n'est pas une manière de pied-de-nez aux gens normaux, adultes et responsables ? Je passe sur les sous-entendus — à peine des sous-entendus d'ailleurs — parce que pour eux, c'est clair : ce sont les gens comme moi qui commettent ces choses-là. Oh ! ce n'est pas sur ce ton qu'ils vous ont interrogée, vous, j'en suis sûre ! Mais avec moi, ils y sont allés de tout leur poids, certains de ma culpabilité, persuadés qu'il suffisait de me faire craquer, de me pousser à laisser échapper un indice.

(Sa voix se brisait.) Encore un point sur lequel nous ne serons sûrement pas d'accord, tenez. La police.

Elle pleurait.

— Restons-en aux faits, dit Joan Theresa.

— Ah, parce que tu crois que je m'égare ? demanda Luellen. Désolée, ajouta-t-elle en se tamponnant les yeux. Je me fais tant de souci pour les gosses ! Bon, prenons les choses dans l'ordre. L'affaire de la baignoire. Ce qui s'est passé, je n'en sais rien. C'est tout juste si je me suis rappelée où se trouvait Warren House.

— Vous avez des contacts avec le monde de Harvard ? demanda Kate. Vous connaissez un peu ?

— J'y ai fait une année d'études. Après, j'ai laissé tomber. Quand on vient de Boise, Idaho, finir à Harvard est censé représenter le nec plus ultra. La réussite, quoi. Mes parents ne m'ont pas encore pardonné d'avoir rejeté délibérément ce dont ils avaient rêvé pour moi, alors même que le rêve se réalisait. Le problème, en fait, c'est que j'avais trop bien réussi. Si je n'étais pas montée tout à fait aussi haut, j'aurais pu garder mes illusions, me figurer que j'avais une petite chance dans le système. Alors qu'à Harvard... L'oxygène y était trop pur. J'ai senti que je n'y survivrais pas. Je ne supportais même pas la compagnie de ceux qui aimaient cette vie hors du réel. Hors du réel, déconnectée de la réalité. Je sais bien que c'est un cliché, mais c'est l'impression que j'avais, que j'ai encore. Cela dit, je vous l'accorde, la réalité n'est pas toujours mieux, je l'ai appris depuis. On peut en avoir jusque-là, de la réalité, surtout quand elle signifie : pas d'argent, pas voix au chapitre, aucune prise sur le système.

Les considérations sur la réalité déclenchaient toujours chez Kate un terrible besoin de cigarette. Mais le lieu criait de toutes parts sa réprobation des fumeurs.

— Bref, poursuivait Luellen. Là-dessus je suis tombée dans tous les pièges. Je me suis mariée, j'ai pris un petit boulot sans issue pour nous nourrir, mon mari et moi. Des années plus tard, il terminait ses études de droit, les enfants étaient là, je bossais toujours pour payer les factures, sans parler du ménage et du reste, et c'est à ce moment-là — coup classique — que j'ai découvert qu'il couchait avec une camarade de cours. Une fille qui venait à la maison, qui bavardait avec moi, qui s'était occupée des enfants deux ou trois fois — et ça ne la gênait pas de me faire ça. Alors j'ai dit : Terminé. Terminé avec les hommes, les femmes et le reste. Je me suis inscrite à l'aide sociale. Mais vous n'êtes pas venue écouter l'histoire de ma vie. Vous vouliez savoir comment je me suis retrouvée à Warren House, ce qui n'a pas grand-chose à voir avec ce que je vous raconte.

— Je suis sûre que si, dit Kate. Continuez.

— Oh, c'est tout, de toute manière. Sauf qu'au moment le plus noir, alors que je ne voyais pas du tout comment j'allais m'en sortir seule, je me suis aperçue que d'autres femmes étaient dans mon cas. Nous avons fini par acheter cette maison, nous partageons les dépenses et les soins aux enfants. Certaines s'occupent de tenir ce petit café. Pour la première fois, je me suis retrouvée avec des personnes qui voulaient vraiment partager ma vie et celle de mes enfants, et qui me permettaient de partager la leur.

— Vous travaillez toujours à des petits boulots?

— Non. Il s'est trouvé que je me débrouillais bien en informatique, j'ai fait une formation de programmeuse. Les autres m'ont soutenue financièrement pendant mes stages et maintenant que j'ai un bon emploi, je les rembourse. Mais mon ex-mari dit qu'il ne veut pas que ses gosses grandissent dans une maison pleine de femmes. Vous devinerez ce qu'il ajoute. Ce n'est pourtant pas qu'il s'en soucie tant, de ses enfants. Mais c'est pour ça que cette affaire de garde est si épineuse. Et maintenant, avec cette histoire…

Kate sourit à Luellen.

— J'avoue que je ne vois toujours pas comment vous vous êtes retrouvée à Warren House, mais je suis contente de savoir comment vous vous êtes retrouvée ici.

— J'y venais, acquiesça Luellen. Un de mes anciens camarades de première année à Harvard est encore ici, en doctorat d'anglais. Je l'ai revu deux ou trois fois, nous avons échangé quelques mots. Ce n'est pas lui qui a appelé ce soir-là, en fait, mais un de ses amis, un autre thésard que j'avais rencontré. Il m'a dit : « Venez vite, il y a une de vos colocataires qui est dans une baignoire ici, complètement ivre. Si vous voulez éviter les ennuis, vous feriez bien de venir la récupérer vite fait. » Et moi, comme une imbécile, j'ai foncé là-bas sans rien vérifier. Je n'ai pas pensé une seconde que ça pouvait être une blague. Une fois là-bas, stupeur : c'était cette Janet Mandelbaum. Nous étions aussi horrifiées l'une que l'autre.

— Le problème de Luellen, dit Joan Theresa, c'est que la perfidie, elle ne connaît pas.

— Mais vous ne saviez pas, alors, qu'il s'agissait de Janet Mandelbaum, si ?

— Non, je l'ai su après. Mais je l'ai tirée de cette baignoire avant l'arrivée des flics. Les autres avaient tous disparu. Courageux mais pas téméraires.

— Même votre ami, celui qui avait appelé ?

— Lui ? Je ne l'ai même pas vu. Au point que je me demande s'il avait seulement mis les pieds à cette soirée.

— Vous ne le lui avez pas demandé ?

— J'ai surtout cherché à me tenir à carreau. Je me demandais si mon mari n'était pas derrière toute la combine. Il faut avouer que c'était bien vu. D'une pierre, deux coups. J'étais discréditée, et Janet Mandelbaum avec. Mais je me disais : Moins tu fais de vagues, mieux ça vaut pour toi.

— C'est le raisonnement que les femmes se sont toujours tenu, dit Joan Theresa.

— C'est certainement celui que se tenait cette pauvre Janet, reconnut Kate. Pourriez-vous me donner le nom de l'homme qui vous a appelée et celui de son ami, celui qui était avec vous en première année ?

Luellen n'hésita qu'une seconde.

— Pourquoi pas ? Si Joan vous fait confiance, moi aussi. (Kate lui tendit un carnet ouvert et Luellen y inscrivit deux noms.) Celui d'en haut, c'est mon ami. Je mets « ami » pour que vous vous souveniez. L'autre, c'est celui qui m'a appelée. Il est aussi en troisième cycle au département d'anglais.

— La police vous a interrogée sur ce point ?

— Non. (Kate vit les deux femmes échanger un regard.) Nous n'avons pas dit qu'on m'avait appelée. Les policiers n'avaient pas l'air au courant. Ils savaient juste que j'étais là quand on l'a trouvée. C'est tout ce qui les intéressait. Le reste, je l'ai gardé pour moi puisqu'ils ne posaient pas de question.

— Vous ne croyez pas que parfois il vaut mieux raconter toute l'histoire ?

Joan Theresa regarda Luellen d'un air de dire : Laisse, je m'en occupe.

— Écoutez, Kate, je sais que vous croyez en un monde où les policiers sont d'honnêtes gens. Je ne dirais pas qu'il n'existe pas de policiers honnêtes, je dirais seulement que la plupart des gens que je connais n'en ont jamais rencontré. Bon, inutile d'entrer dans le détail. Simplement, il faut voir la vérité : les gens qui ne sont pas importants, la police s'en fiche.

Kate ne répondit pas tout de suite. Elle ne savait que trop à quel point c'était vrai.

— J'ai sans doute vu, étant jeune, trop de films où le bien triomphait, dit-elle après réflexion. Je vous l'accorde. Mais puisque je n'ai pas tout à fait rompu les ponts avec le système, je suis bien obligée de croire *a priori* en son bon fonctionnement. Cela dit, j'ai dans l'idée que cette discussion ne nous mène nulle part. Concrètement : si la police découvre qu'on vous a appelée, mais que vous n'avez pas cru bon de le mentionner, est-ce que ça ne risque pas de se retourner contre vous ?

— Si, probablement. Mais s'ils décident de me tomber dessus, tout se retournera contre moi, de toute façon.

— Pas obligatoirement. Il existe toujours des juges et des tribunaux et ils ne seront pas ravis d'apprendre que vous avez infligé une entorse à la vérité lors d'un interrogatoire de police.

— Je ne lui ai pas infligé d'entorse, j'en ai gardé un peu pour moi, c'est tout. D'ailleurs, vous êtes un fin détective, à ce qu'on m'a dit. Vous saurez me disculper. Vous avez bien les contacts qu'il faut, les amis qu'il faut, ou je me trompe ? (Elle prenait Joan Theresa à témoin.) Ou peut-être que, pour des gens comme nous, vous trouvez que ça ne vaut pas la peine de tirer les ficelles ?

Kate observait Luellen, à nouveau prête à pleurer. Tout bien pesé, la jeune femme ne lui plaisait qu'à moitié — bien moins que Joan Theresa, en tout cas. Et alors ? se raisonna-t-elle. Les sentiments n'ont pas à entrer en ligne de compte.

— Supposons que ce ne soit pas votre mari qui ait monté le coup. Pour quelle autre raison aurait-on pu vous appeler ?

— Je croyais que c'était clair, intervint Joan Theresa. Pour déconsidérer Janet en faisant croire qu'elle frayait avec des filles comme nous.

— Un peu tiré par les cheveux, non ?

— Oui et non, dit Luellen. Quelqu'un avait appelé la police du campus et ils ont tout de suite découvert qui j'étais. « Qu'est-ce que vous faites là ensemble toutes les deux ? » nous ont-ils demandé. Janet a failli mourir d'apoplexie.

Joan Theresa se tourna vers Kate.

— Il faut que j'aille balader Jocasta, si vous veniez avec moi ? Je vais la chercher, d'accord ?

Il était clair que Luellen ne venait pas avec elles. Kate paya l'addition tandis que Joan Theresa montait chercher sa chienne.

— On peut marcher en direction de Harvard Square, qu'en pensez-vous ? proposa Joan. Jocasta vous en vouera une reconnaissance éternelle. Pas vrai, ma grosse ?

La chienne ne salua Kate que pour la forme. L'espoir d'une promenade monopolisait toute son énergie. Lorsqu'elle vit qu'en effet elles se mettaient en route, elle eut un petit bond en avant et s'élança d'un pas décidé, prête à toutes les aventures et à se délecter d'odeurs.

— Vous aviez fait tout le chemin à pied jusqu'à

Harvard Square, l'autre jour, quand je vous ai rencontrée ? demanda Kate.

— Cette fois-là, non. Nous avons une voiture que nous nous partageons. C'est en voiture aussi que Luellen a foncé à Warren House le jour où elle croyait aller au secours de l'une de nous. Jocasta ! Si tu embêtes ce petit yorkshire, je vais te le faire regretter, tu vas voir !

Empoignant la bête par son collier, Joan la poussa en avant. Kate regarda s'abaisser lentement la crête de poils sur l'échine de la chienne, pareille au dos d'une épinoche.

— En fait, poursuivit Joan, je voulais vous demander quelque chose. Pour Luellen.

— Mais d'abord, rétorqua Kate, c'est moi qui vais vous demander quelque chose. Vous avez pris la peine d'aller jusqu'à New York pour me voir. Vous m'avez dit que Janet me réclamait. Comment le saviez-vous et en quoi cela vous concernait-il ?

— Ce que je vous ai dit est la vérité.

— Mais comment pouviez-vous savoir, Luellen et vous, que Janet me connaissait ? Et qu'est-ce que cela pouvait vous faire, à vous, que je vienne ou non la rasséréner ? Pour être franche, je ne comptais pas venir, mais quelqu'un d'autre me l'a demandé aussi. Quoi qu'il en soit, tout ça n'a pas l'air de tenir debout.

Elles atteignaient ce quartier, au bout de la rue Hampshire, dont les parents des étudiants de Harvard ignorent en général l'existence. Un quartier mixte, en jargon d'assistante sociale — tissu disparate composé surtout de garages et d'industries légères, avec quelques habitations çà et là. Au fond, se disait Kate, c'est ce que je suis aussi : un être mixte.

— L'histoire est simple, reprenait Joan. Les flics du

campus sont venus, ils les ont trouvées toutes deux. Au début, ils refusaient de croire que Janet était professeur à Harvard. Mais comme ils ne pouvaient rien faire sans prendre des renseignements d'abord, ils les ont emmenées toutes les deux à leur quartier général et ils ont donné des tas de coups de fil. Pendant ce temps, Janet est un peu sortie de son cirage et je pense qu'elle a commencé à se rendre compte qu'elle y était allée un peu fort avec Luellen — il semblerait que l'accueil ait été gratiné. Bref, elle s'est plus ou moins excusée, elle a dit que pour elle aussi c'était une sale histoire, je ne connais pas les détails mais je sais qu'elle a parlé de vous. Dans son esprit, apparemment, vous pouviez prendre les choses en main. Et ce que Luellen a retenu, elle, c'est que peut-être vous pourriez raisonner Janet, et que l'une de vous, soit Janet, soit vous, pourrait l'aider dans ses démêlés avec son ex-mari pour la garde de ses enfants.

— L'aider, mais comment?

— Oui, je sais, moi aussi ça m'a semblé tiré par les cheveux, mais d'un autre côté... Comme quelqu'un descendait en voiture sur New York, et que j'ai un frère là-bas, un frère que j'aime voir de temps en temps, j'ai fait le voyage. Ce qu'il y a, c'est que vraiment les choses se présentent mal pour Luellen. Elle n'exagère rien quand elle dit que son mari ne veut même pas les gosses. Il ne les a pas vus depuis des années mais il s'est mis en tête de les lui enlever, et il y a des tas de gens prêts à l'aider. Mais si quelqu'un comme vous acceptait de témoigner en sa faveur... quelqu'un de bien sous tous rapports, quoi. Quelqu'un qui respecte les convenances, c'est ce que son avocat lui a dit. Simple question d'image de marque. Il faudrait que quelqu'un d'un peu influent vienne déclarer au tribunal que Luellen est tout ce qu'il y a de plus sérieux. Ce qu'elle est, d'ailleurs. Évidemment, ce jour-là, elle s'habillera bien.

— En substance, dit Kate, ce que vous venez de me dire, c'est ce que vous m'aviez déjà dit encore plus clairement à New York : vous êtes prêtes à exploiter n'importe qui — les hommes comme les femmes qui collaborent avec eux — pour obtenir ce que vous voulez. Et pourquoi consentirais-je à me laisser exploiter ?

— Bonne question, admit Joan.

Et Kate, qui l'observait, comprit soudain que Joan était dévorée d'inquiétude. Pas seulement au sujet de cette garde d'enfants. Elle redoutait que Luellen, désespérée, aux abois, n'eût bel et bien tué Janet dans les toilettes de Warren House. Oui, Luellen était peut-être en plus fâcheuse posture encore que Joan ne voulait l'admettre. Auquel cas, plus que jamais, elle allait avoir besoin d'aide. Comme si elle lisait dans les pensées de Kate, Joan se fit plus agressive encore.

— Vous savez, dit-elle, vous aussi, ils peuvent très bien vous accuser d'avoir tué Janet. Vous avez un alibi ?

— Je n'en sais rien, dit Kate. Ils ne peuvent pas définir avec précision à quelle heure elle est morte, ni même à quel endroit.

— Je croyais qu'elle était morte dans les toilettes pour hommes de Warren House ?

— Non. Son corps a été déplacé. Peu de temps après sa mort.

— Comment est-ce qu'elle est morte ? Les journaux ne l'ont pas dit.

— Empoisonnement au cyanure. C'est fulgurant et ça ne pardonne pas. Une belle saleté. Bien. Si je peux faire quelque chose, vous savez où me trouver. Mais je vous préviens : je n'affirmerai que Luellen est digne de confiance que si j'en suis moi-même convaincue. Souvenez-vous : avec moi, il faut que ça aille droit, pas de manigances, vous l'avez dit vous-même la première fois. Sur ce point, je n'ai pas changé et je ne crois pas changer jamais.

— De ce côté-là, dit Joan, je ne m'en fais pas. Luellen est une mère impeccable et c'est vraiment quelqu'un de bien. En ce moment, elle est toute chamboulée, mais vous verrez.

Le trio tourna dans la rue Cambridge.

— Du cyanure... disait Sylvia, songeuse, un peu plus tard ce soir-là. Je vous demande un peu. Tu as ça dans tes placards, toi ?

Du fond de leurs fauteuils respectifs, elles regardaient le crépuscule prendre possession du fleuve. La première fois qu'elle avait mis les pieds dans cet appartement, Kate s'était dit — tout comme Sylvia, des mois plus tôt — que ce devrait être merveilleux de paresser, un verre à la main, sur le balcon derrière les portes-fenêtres. Hélas, c'était omettre un détail : la voie express au bas de l'immeuble. Les vapeurs d'oxyde de carbone rendaient l'air irrespirable, les décibels montaient assez haut pour vous saturer en vingt secondes, la poussière parachevait le tableau. Force était d'admirer la vue depuis l'intérieur, derrière le double vitrage.

— Ce que nous avons à faire, reconnut Kate, c'est découvrir la provenance de ce cyanure. Sans parler de deux ou trois autres détails à éclaircir, tant que nous y sommes. Bon sang. Sylvia, il faut qu'on se remue. Quitte à tirer les ficelles et remuer ciel et terre, toi à

Washington ou Harvard — bref, en haut lieu — moi à Wompouchitruc ou Dieu sait où, là où est Reed. Tous ces types que tu connais, ils sont prêts à faire quelque chose pour toi si tu le demandes gentiment, non ?

— À la bonne heure. Voici donc Kate Fansler à l'œuvre, grand détective devant l'Éternel. J'aurais dû me douter que le secret était là : savoir tirer les ficelles. Bien sûr qu'il ne manque pas de jeunes gens, et même de messieurs moins jeunes, qui sont tout prêts à me rendre service. De nos jours, les hommes sont prudents. On ne sait jamais : ils pourraient avoir besoin des femmes à leur tour. Nancy Mitford aimait à dire qu'on devrait toujours être aimable avec les jeunes filles parce qu'on ne sait jamais qui elles épouseront un jour. Le refrain a un peu changé, mais pas tant que ça.

— Ravie de te l'entendre dire. Sérieusement, ce qu'il nous faut, c'est quelqu'un pour persuader ces messieurs de la police — en douceur bien sûr, et en toute discrétion — de nous confier ce qu'ils ont découvert jusqu'ici. Connaissant tes contacts prestigieux, je te suggère de jouer la première. Si tu renonces, j'essaie Reed. Mais je te préviens : si tu me laisses la main, c'est lourd de significations.

— Très lourd. Je vois à quoi tu penses.

— Et si d'aucuns, à Harvard même, essaient de te mettre des bâtons dans les roues, eh bien, tant mieux : ça nous en dira plus long encore que tout ce que nous pourrions obtenir.

— Finement raisonné. J'appellerai dès demain. Ou plutôt, non : je vais appeler tout de suite. Au fait, je ne sais plus si j'ai pensé à te le dire, dans la tourmente : George vient demain.

— Non, tu l'avais passé sous silence, perfide.

Retour à ma mansarde. Retour à la cafétéria et aux conversations d'étudiants. Ce qui me fait penser : je crois que je vais y inviter Leighton, un de ces soirs. Finalement, elle me plaît bien, cette petite.

— J'en déduis qu'elle est en phase d'opposition familiale. Une autre anti-Fansler, en somme. Espérons que ça durera.

— J'en suis sûre. Je place de grands espoirs en Leighton. Tu es contente que George vienne ?

— Tu n'as pas idée, dit Sylvia. À se demander pourquoi vivre ensemble a toujours été tenu pour l'idéal du mariage. Un peu d'éloignement, chacun de son côté, avec des retrouvailles de temps à autre, je peux te dire que c'est autrement savoureux. Allons, je t'enverrai à Dunster ce que j'aurai obtenu de la police.

CHAPITRE SEPT

Le lendemain, depuis sa mansarde, Kate appela Andy Sladovski dans l'espoir de découvrir comment réagissait le département d'anglais.

— Difficile à dire, avoua Andy. Le mieux serait sans doute de venir prendre vous-même la température. Justement, nous avons ce soir notre réunion de poésie, que diriez-vous d'y aller avec moi ? On y lit des essais sur les poètes. Chaque hôte de Harvard digne de ce nom se doit d'assister à une séance au moins.

— Mais je n'ai pas été invitée.

— Et si moi je vous invite ? Un étudiant échevelé, l'un des chouchous de Clarkville, va nous dire tout, tout, tout sur le « Fra Lippo Lippi » de Browning. Se retenir de bâiller sera sans doute assez douloureux mais, après la séance, on a de quoi boire et se restaurer, et vous pourriez en profiter pour laisser traîner une oreille. Browning, c'est votre domaine, non ? Votre période, en tout cas, sauf erreur.

— J'ai les qualifications requises, il ne me manque que l'invitation.

— Nous n'invitons expressément que les personnalités éminentes. En fait, l'un des membres amène sa femme, donc je pourrais amener Lizzy. Mais pour que Lizzy vienne, il faudrait qu'il soit question du *Carnet d'or*, ce qui me paraît hautement improbable. On vous prendra peut-être pour Lizzy.

— Assez plaidé, dit Kate, je viens. Est-ce gênant si mon point de vue sur Browning n'est pas des plus orthodoxes ?

— Au contraire. Ce sera rafraîchissant. La réunion a lieu à Adams House. Vous savez où c'est ?

— Je sais surtout où se trouve le plan. Et pourquoi Adams House ?

— Parce que Howard Falkland, notre conférencier de ce soir, y est rattaché. C'est la règle du jeu : celui qui lit son essai reçoit.

— Excellente idée, dit Kate — à qui ce nom rappelait quelque chose et elle savait parfaitement quoi.

— À huit heures donc, conclut Andy et il raccrocha.

À huit heures moins cinq, elle se faufila dans la salle indiquée et prit place dans l'un des fauteuils de cuir disposés en cercle. Des portraits d'anciens de Harvard (sans doute) ayant réussi dans la vie (sans doute) surveillaient gravement la scène depuis les hauts murs. Lorsque Andy la rejoignit, l'assistance se monta à onze personnes et s'en tint là. Il y avait une autre femme — l'épouse en question, sûrement.

— Nous allons donc commencer, annonça Clarkville.

Kate sourit sous cape. Il ne l'avait pas reconnue. Amusant. Pour lui, les femmes entre deux âges devaient toutes se ressembler.

— Nous voilà réunis ce soir, pour écouter un essai sur Robert Browning, par Howard Falkland. Après sa lecture, nous poserons des questions. Après les questions, nous nous rafraîchirons, comme toujours. Nous devons libérer la salle à dix heures. Howard, à toi.

Des élucubrations de Falkland sur Browning, Kate ne devait conserver aucun souvenir par la suite. À vrai dire, elle ne serait même pas certaine d'avoir suivi une phrase jusqu'au bout. Mais Kate ne s'ennuya pas. Pour une raison inconnue d'elle, son regard était attiré par Clarkville comme par un aimant. Il la fascinait doublement, en un savant cocktail d'attirance et de répulsion — un peu comme le boa, dit-on, hypnotise le lapin. Par chance, il ne risquait pas de s'en apercevoir, s'étant installé de manière à ne croiser le regard de personne et ne laissant voir sur ses traits qu'une somnolence polie. Clarkville était assis sur un vaste canapé, ou plus précisément il y était soudé. Sa grande carcasse avachie s'affalait avec abandon contre le dossier rembourré.

Ses yeux étaient tournés vers le plafond, ses paupières closes. Mais il ne dormait pas. Il écoutait. D'ailleurs sa montre en faisait foi, une montre de gousset qu'il avait tirée de sa poche et qu'il tenait à la main, pendue au bout de sa chaîne, animée d'un mouvement de balancier d'une régularité odieuse. C'était incroyable à quel point ce léger mouvement de pendule pouvait être exaspérant — rien à faire pour en détacher les yeux. Kate n'essayait même pas. Howard Falkland, occupé à lire son papier, était exempté de cet effort. Les autres contemplaient tour à tour plafond, plancher et conférencier. Kate croisa le regard d'Andy qui lui adressa un clin d'œil. La voix de Falkland ronronnait, monocorde, soporifique à souhait. Et dire que nous sommes censés évoluer ici sur les plus hauts sommets de la culture universitaire, songeait Kate. Ses pensées ne s'attardaient guère à

Browning mais revenaient sans trêve à cet ami de l'ami de Luellen, un dénommé Howard Falkland. Pauvre Robert Browning. Qui rédigerait des thèses sur son œuvre si ses exégètes se révélaient du même bois fragile que ses héros les plus tragiques?

Lorsque enfin Falkland se tut, au soulagement général, un murmure approbateur et poliment intéressé s'éleva de l'assistance. Avec une discrétion de bon goût, on s'approcha doucement du buffet.

— C'est vous qui avez confectionné tout ça? demanda Kate à Howard lorsque Andy eut fait les présentations.

— Oh, pas moi, dit Howard. C'est une amie qui a tout fait.

— Bien sûr! dit Kate comme on s'écrie « Où avais-je la tête? » Les habitudes de Harvard sont si fascinantes! Je suis ici en tant qu'invitée d'Andy Sladovski.

Cette dernière remarque eut un effet immédiat. Howard Falkland amorça un mouvement de retraite : absolument aucun intérêt.

— Alors? s'informa Andy qui revenait vers elle. S'est-il inquiété de votre *cursus honorum*?

— J'ai coupé court, dit Kate. Je me suis fait passer pour la vieille tante de service — la vôtre. J'ai été des années la tante à marier, ajouta-t-elle en passant. C'est un rôle charmant. Intéressant et pas fatigant du tout.

— En ce cas, bonne chance : cette fois-ci, Clarkville se dirige vers nous. Voyons si vous êtes ma vieille tante ou s'il vous prend pour ma femme. Il n'a dû voir Lizzy que quatre ou cinq fois en tout.

Mais à la déception de Kate, cette fois Clarkville l'avait reconnue. Il opta pour le mode cordial.

— Alors, qu'avez-vous pensé de notre petite causerie? Vous vous intéressez à Browning?

— J'enseigne la littérature victorienne, répondit Kate d'un ton indulgent.

— Ah! exact. Dans une faculté new-yorkaise.

— C'est ça, dit Kate. Une quelconque fac new-yorkaise.

Le persiflage passa inaperçu et Clarkville enchaîna, suave :

— Si j'avais su, je vous aurais demandé de vous joindre à nous, enfin à l'association.

— C'eût été fort aimable à vous, répondit Kate.

Combien de temps vais-je pouvoir tenir? songeait-elle. Andy s'était volatilisé.

— La police est un peu ennuyée pour notre petit... notre incident de l'autre jour.

— Ah? On vous a interrogé?

— Oh, seulement pour recueillir mon témoignage puisque... puisque c'est moi qui l'ai trouvée. Pauvre femme. Pauvre, pauvre femme. Elle était tellement égarée.

Égarée? voulait crier Kate. Dans les toilettes pour hommes ou au sein du département d'anglais? Mais elle tint sa langue et se contenta de répéter, comme dans un roman de James :

— Égarée?

— Vous savez, c'était difficile. Se retrouver à Harvard, dans ce département nouveau pour elle, cette ville dont elle ne connaissait rien. Toute l'opération était mal inspirée, bien mal inspirée.

Plus tard, comme Andy Sladovski la raccompagnait chez elle à pied, elle avoua son étonnement de constater que Clarkville n'avait apparemment qu'une vague idée de qui elle était.

— Ce n'est pas que je revendique la notoriété mondiale, je ne suis pas sotte à ce point, mais je me flatte d'avoir, dans mon domaine, ce que mes collègues masculins appellent une envergure nationale, disons un certain renom. En principe, partout où l'on enseigne la littérature anglo-saxonne — sauf peut-être à Peoria ou Pocatello, Idaho — mon nom évoque quelque chose. Je suis prête à parier que Clarkville a entendu parler de gens nettement moins connus.

— Ma chère Kate, répondit Andy, vous n'êtes pas sortie de Harvard, que je sache? Alors pourquoi voudriez-vous qu'on eût entendu parler de vous? De surcroît, à quoi bon retenir le nom d'une femme, sauf peut-être lorsqu'on se voit obligé de lui confier une chaire? Où donc avez-vous la tête?

— Je me le demande, en effet, dit Kate.

Leighton ne se fit pas prier, le lendemain, pour honorer de sa présence le réfectoire de Dunster. À l'heure du dîner, un groupe d'amis à elle vint se joindre à la table où elle avait pris place avec sa tante. Inévitablement, la conversation s'orienta sur le caractère haïssable de Harvard. Non parce qu'une femme venait d'y trouver la mort, mais parce que Harvard était par essence exécrable, odieux, méprisable.

— Mais dans ce cas, commença Kate, pourquoi êtes-vous ici? Bon, les raisons de Leighton, je les connais : elle cherchait un endroit où personne ne lui prêterait attention. Mais vous, vous n'êtes pas tous venus chercher l'anonymat.

Les réponses fusèrent, variées. Cambridge et ses délices. La proximité de Boston et de ses richesses culturelles. Le prestige du nom. Pouvoir se flatter de sortir de Harvard. La conviction qu'on n'avait pas le droit de tordre le nez sur Harvard. Parce que Harvard était un peu comme le mont Éverest. Parce que, dans un lieu si peuplé, vous aviez des chances de tomber sur des gens partageant vos passions.

— Et vous en avez rencontré ? s'enquit Kate en réponse à ce dernier argument.

Elle adressait sa question, d'un ton gentiment léger, à une fille quasi muette, un tantinet renfrognée, assise juste en face d'elle. Son expression lui rappelait Janet, elle n'aurait su dire pourquoi.

— Non, justement, avoua la malheureuse. C'est ma faute, je le sais, tout le monde me le dit, mais les gens que je rencontre ici m'ont l'air tellement, comment dire ? tellement superficiel.

— Personne n'est heureux ici, pratiquement, hasarda l'un des garçons.

— « Le bonheur va comme le vent, seul demeure l'intéressant », a dit Georgia O'Keeffe, rappela Kate.

— Je vous l'avais dit, qu'elle n'arrêtait pas de faire des citations ! triompha Leighton, l'œil brillant. Pourtant, il me semble que tu en fais moins, ajouta-t-elle à l'intention de sa tante.

— Je crois que je vais encore en faire une, dit Kate en lançant à sa nièce un regard malicieux. Vous vous souvenez de Strether, dans *Les Ambassadeurs* ? Quelque part, James lui fait dire ce que je pourrais vous dire à vous : « Vous êtes ma jeunesse, puisque aussi bien, en mon temps, rien ne m'en a tenu lieu. » Cela dit, je ne pense pas que Janet Mandelbaum aurait approuvé. Mais aucun de vous ne la connaissait, je suppose ?

— Moi si, dit un blondinet. (Il faut que je cesse de voir en eux des gamins, se réprimanda Kate ; ce sont des adultes.) Je m'intéresse à Simone Weil et donc à Herbert. Exception faite d'une petite tendance à prendre la mouche si on classe Herbert parmi les contemporains, Mrs. Mandelbaum s'est montrée fort aimable. Elle m'a aidé à mieux comprendre le sentiment religieux chez Herbert, ce qui éclaire nettement la pensée de Simone Weil. Je reconnais que ça m'a bien dépanné.

— Et pour ce qui est du contact personnel, demanda Kate, comment était-elle ?

— Oh, pas de vrai contact personnel, rien à voir avec l'attitude de pas mal de profs, surtout les plus jeunes. Jamais elle ne m'a appelé par mon prénom par exemple, et il ne me serait pas venu à l'idée de l'appeler par le sien. Bon, d'accord, ça ne prouve rien. Elle avait beau garder ses distances, j'ai toujours eu l'impression qu'elle était contente de me voir.

— Et vous saviez pourquoi ?

— Absolument, reconnut le garçon en toute franchise. Primo, je présentais l'avantage, par rapport aux étudiantes, de ne pas risquer de lui demander de faire jouer la solidarité féminine. Secundo, je n'avais pas choisi mon sujet pour être dans le vent, mais parce qu'il m'intéresse vraiment. Tertio, je suis assez attiré par les questions religieuses et ça lui plaisait. Enfin, avec elle, pas de problème : je la traitais tout à fait comme...

— Comme n'importe quel autre professeur, compléta Kate. C'est-à-dire comme un homme.

— Oui, reconnut-il. Mais avec elle, c'était tout naturel. Elle-même ne devait pas se définir comme une femme, je crois. Du moins, pas en priorité. Attention, je ne veux pas dire...

— Je sais ce que vous voulez dire. Ce n'est pas qu'elle se prenait pour un homme, ni dans sa tête, ni dans son corps. Simplement, elle estimait avoir accédé de plein droit à la fratrie des professeurs d'université, lesquels se trouvent être des hommes — elle n'avait pas tort. Et vous savez, conclut Kate assombrie, j'ai bien peur qu'elle en soit morte.

— Judith aussi l'avait rencontrée, intervint Leighton pour rompre le silence qui suivit. N'est-ce pas, Judith ? Je l'ai traînée ici par la peau du cou pour que vous puissiez échanger quelques mots, elle et toi. Le problème, c'est que dès qu'elle sort du cadre de son boulot, Judith a un trac fou. Elle est journaliste...

— Pour l'*Independant*, suppléa Judith.

— Un quotidien local ? demanda Kate.

— Oui. Et qui ne se donne pas de grands airs, contrairement à certaine université que je me garderai de nommer.

— Il faudra que je mette le nez dans ce journal. Je suis loin d'avoir encore tout découvert, il faudrait être partout à la fois. Jusqu'ici, je me suis contentée de la *Gazette*.

— Mais la *Gazette* vous dit seulement ce qui va se passer dans la semainc, fit observer Judith. Enfin, peu importe. On m'avait donc envoyée interviewer Janet Mandelbaum parce que c'était nouveau, cette chaire accordée à une femme. Mais quand je l'ai appelée au téléphone pour solliciter un entretien, elle m'a répondu tout net qu'elle ne voulait pas parler de ça. Alors j'ai insisté, je lui ai dit que je voulais seulement savoir si elle se plaisait à Cambridge, ce genre de choses... C'était un prétexte, bien sûr, mais il fallait absolument que je la voie. Alors elle m'a fait tout un sermon, comme quoi les femmes n'arriveraient jamais à rien si elles continuaient à s'interviewer mutuellement. La seule chose dont elle accepterait de discuter avec moi, c'était ses travaux, ses recherches professionnelles.

— Et c'est ce que vous avez fait ?

— L'ennui, c'est que je ne suis pas ferrée en littérature anglaise, et surtout pas du XVIIe siècle. Heureusement, il y a Leighton qui est une fan de *Tristram Shandy*.

— Qui est du XVIIIe, rectifia Kate automatiquement.

— Oui, enfin, ce n'est pas si loin. Alors j'ai demandé à Leighton de me parler un peu de *Tristram Shandy*. Le malheur, c'est que je me suis empressée de tout oublier.

— Et Janet Mandelbaum s'est montrée disposée à parler de *Tristram Shandy* ? demanda Kate.

— Oh ! dit Judith, elle m'a servi un petit baratin sur Locke et sa théorie des associations d'idées. Nous n'avons débouché sur rien. Lisez mes livres, m'a-t-elle dit. Moi, je suis désolée, mais vous croyez que c'est pour ça que nous, les femmes, on a formé des comités, pour ça qu'on s'est battues à Harvard ? Lire ses livres ! Je peux lire les livres de qui je veux, je le fais quand ils m'intéressent, pas quand ils me cassent les pieds. Moi, ce n'est pas ce que j'appelle une interview.

— Je vois, dit Kate.

— Je me disais, continua Judith, peut-être que je pourrais vous interviewer, vous ?

— Mais je ne suis que chargée de cours à Radcliffe.

— Autodévalorisation typiquement féminine, observa Judith.

— Vous pourrez m'interviewer si ça vous chante, décida Kate.

Ce fut la conclusion du dîner.

Le surlendemain, Kate vaquait dans sa mansarde lorsqu'un porteur spécial, dépêché par Sylvia, vint lui remettre en main propre un paquet contenant le rapport de police, ou du moins un abrégé.

Kate s'attela aussitôt à la lecture du dossier, s'efforçant d'ignorer le fond sonore : les coups dans l'escalier, les appels d'un étage à l'autre, la musique à pleins décibels au-dessous d'elle comme à côté. Elle-même s'était équipée d'un petit poste de radio. Une heure après, elle émergeait de cette étrange lecture, parfaitement édifiée. Malgré tous ses efforts, la police n'en savait en fin de compte guère plus qu'elle. On ignorait encore, entre autres, d'où provenait le poison. Le détail était significatif : soit l'assassin — ou un complice — l'avait eu en sa possession depuis un certain laps de temps, soit il se l'était procuré ailleurs que dans la région.

Au moment des faits, la victime résidait (pour la police, on n'habitait pas, on ne vivait pas, on résidait) dans un appartement situé au dernier étage d'une maison de Cambridge, propriété de Harvard. L'un des directeurs de Harvard occupait avec les siens le reste de la bâtisse. Cet appartement était indépendant et possédait une entrée privée. La police avait relevé qu'une fille du directeur s'adonnait à la photo et qu'elle avait son propre laboratoire. On avait retrouvé dans le jardin de vieux bidons ayant contenu un pesticide à base de cyanure. D'après les spécialistes, il ne semblait pas que le poison ayant entraîné la mort provînt de l'une de ces deux sources, encore que le labo photo ne fût pas entièrement mis hors de cause. L'expert consulté rappelait que pendant la Seconde Guerre mondiale et, plus récemment, dans les services d'espionnage, le cyanure était distribué aux agents en mission afin de leur permettre un suicide instantané s'ils tombaient aux mains de l'ennemi. C'était notamment le cas des pilotes d'avion contraints à l'atterrissage en territoire ennemi. Certains agents des forces armées s'en voyaient proposer de manière informelle, ou du moins y avaient accès. En conclusion, sans être tout à fait en vente libre, le produit n'avait rien de rare. Voilà qui nous avance beaucoup, songeait Kate.

Était-ce vraiment un empoisonnement au cyanure? Apparemment, ce point-là du moins ne faisait aucun doute. De fait, lorsque Kate était arrivée sur les lieux — combien de temps après le décès, nul ne pouvait le dire — l'odeur caractéristique d'amande grillée flottait encore autour du corps. Autre certitude, confirmée par l'autopsie : ce corps avait bien été déplacé, peu de temps après la mort. Selon toute probabilité, la rigidité cadavérique avait alors déjà commencé à apparaître, mais le processus n'en avait pas été perturbé. Quant à la question de savoir où et comment la victime avait absorbé le poison, elle demeurait sans réponse. N'importe qui pouvait le lui avoir présenté dans une quelconque boisson forte, et pris soin de laver le verre par la suite. Il avait été suggéré que peut-être on l'avait forcée à avaler le poison, mais l'hypothèse paraissait peu probable : rien ne semblait indiquer qu'elle avait tenté de se débattre.

La question de savoir comment on avait pu promener ce cadavre à l'insu de tous avait intrigué les policiers. Ils lui avaient consacré beaucoup de temps et d'énergie — bien plus, estimait Kate, que n'en valait ce point de détail. Le corps ayant été trouvé en début de matinée, le transfert avait sans doute eu lieu au petit matin, entre trois et six heures selon toute vraisemblance. Or c'était peut-être, à Harvard, le seul moment où plus rien ne semblait bouger. Kate en savait quelque chose pour avoir dû revenir sur ses pas, un soir qu'elle rentrait tard, afin de récupérer un objet oublié au foyer. Rien que d'y penser, elle en frissonnait — et pourtant, elle en avait vu d'autres. On entrait seul dans le bâtiment à l'aide de sa clé. Alentour, il n'y avait pas un chat. Les parquets craquaient, les portes battaient, des échos renvoyaient le moindre son. À l'évidence, déménager un cadavre devait pouvoir se faire sans témoin.

Toujours selon le rapport, trop de personnes disposaient des clés de Warren House pour que leur possession pût constituer un indice. D'ailleurs elles pouvaient avoir été reproduites par n'importe qui, n'importe quand. Malgré tout, se disait Kate, la jouissance d'une clé de ce type avait de quoi mettre mal à l'aise. C'était le signe qu'on appartenait au département d'anglais, groupe restreint, groupe suspect, théâtre clos d'un décès aux circonstances plus que douteuses.

La mort par empoisonnement au cyanure s'accompagne de douleurs atroces, mais le processus est très bref. Il est absolument irréversible. D'où son intérêt dans tous les cas où un décès rapide et inéluctable est souhaité. En annexe du rapport, un feuillet décrivait les effets du cyanure. Kate le parcourut en diagonale. Peu après l'absorption, la respiration devient pénible, des convulsions apparaissent, suivies de paralysie musculaire généralisée entraînant la mort. Le tout en l'espace de quelques secondes. Une mort cruelle, par conséquent, mais l'avantage était sans doute, dans l'esprit de l'assassin, de s'assurer que personne ne pourrait intervenir. Le poison avait été administré avec une boisson alcoolisée. Mais la victime avait-elle donc bu le tout d'un trait ? Ou le dosage était-il à ce point concentré qu'une seule gorgée suffisait ? Et puis, pourquoi les toilettes pour hommes ? À l'évidence elles présentaient au moins deux avantages. Situé au rez-de-chaussée, le local était aisément accessible, alors que celui des dames se trouvait à l'étage, en outre il était en général fréquenté moins tôt dans la journée que les toilettes pour dames, les secrétaires étant de très loin les premières arrivées.

La police avait interrogé tous ceux qui avaient eu l'occasion de côtoyer peu ou prou le professeur Mandelbaum, ainsi que divers témoins ayant connu la victime avant son arrivée et qui séjournaient, comme elle, à Harvard au moment des faits. Parmi ces derniers se trouvait son ex-mari, « Moon » Mandelbaum, dont elle avait divorcé vingt ans auparavant. Leur présence simultanée à Harvard était tenue pour pure coïncidence. On relevait également le nom d'une certaine Kate Fansler, condisciple de la victime lors de ses études de doctorat. Les gens chez qui logeait la victime avaient été interrogés aussi. Mais ils n'avaient guère eu l'occasion de connaître leur locataire ; elle avait son entrée privée, ils ne la voyaient jamais. Les membres du département d'anglais avaient répondu, comme un seul homme, qu'ils avaient eu pour la victime l'estime la plus profonde et qu'ils la regrettaient vivement. (Kate étouffa un ricanement.) Elle avait effectué un excellent travail, selon eux. Les secrétaires abondaient dans le même sens. Suivaient les témoignages de professeurs d'autres départements qui avaient eu l'occasion de rencontrer la victime ; puis ceux de divers étudiants et de relations variées, parmi lesquelles Luellen May, résidente d'un immeuble de Cambridge occupé par des femmes ; celui de Howard Falkland, celui de John Lightfoot, ancien condisciple de Luellen May des années plus tôt ; celui de la femme de ménage de la victime. Vertigineuse kyrielle, mais dont on ne voyait guère se détacher de suspect criant, songea Kate avec une grimace. D'autant que le suspect le plus plausible à ses yeux, un certain membre éminent du département, n'avait même pas été interrogé sérieusement.

À vrai dire, raisonnait Kate à regret, il était assez peu probable que le coupable appartînt au département d'anglais. Certes, elle n'y connaissait que Clarkville, mais si ces messieurs avaient voulu supprimer Janet ils eussent opté pour une mort moins violente, ou même une simple mort virtuelle. Pour se débarrasser d'elle, il leur suffisait de la tenir en quarantaine, de la toiser de haut, de laisser entendre aux étudiants que sa fréquentation n'était pas le meilleur moyen de se faire bien voir en haut lieu, et peu à peu elle se serait retirée de la scène. Pourquoi attirer l'attention par une telle opération?

Bien, poursuivait Kate, mais si un autre département avait jugé le précédent fâcheux? Si un autre département avait craint de se voir infliger à son tour une femme titulaire? Si cet autre département avait résolu de supprimer Janet afin d'enrayer le processus? Il ne restait alors plus qu'à fourguer le cadavre à Warren House et à espérer que tout irait bien. Mais quel département soupçonner de préférence? Les départements sans professeurs femmes étaient si nombreux qu'à ce compte-là tout Harvard était suspect. Oh, mais c'est bien le cas à mes yeux, concluait Kate. C'est le cas.

Une note à la fin du rapport indiquait que le compte rendu des différents interrogatoires était accessible aux personnes dûment autorisées, et cetera, et cetera. En résumé, conclut Kate, nous en sommes à la case départ. Une fois de plus, Harvard va se tirer les pattes de l'eau sans se mouiller... Puis elle se morigéna. Tu deviens complètement folle ou quoi? Qu'est-ce qu'elle t'a fait, à la fin, cette malheureuse université, à part t'accorder une place à Radcliffe, où tu n'es pas si mal, avoue?

Elle se l'avoua le lendemain, en regagnant son bureau : elle n'était pas si mal à Radcliffe. L'endroit était même sympathique. Si partout ailleurs, à Harvard, les femmes se sentaient assez mal vues, tel n'était pas le cas ici. Et puis, il fallait le reconnaître, ajoutait Kate le nez à sa fenêtre, Harvard faisait bien les choses. Une escouade spécialisée était en train de déblayer la neige. Les jardins étaient pomponnés avec amour. Pour les remises de diplômes, lui avait dit Leighton, les jardiniers accomplissent des miracles : tout devenait vert prairie pour la cérémonie. Il tardait à Kate de voir ça. Du moins si Leighton décrochait son diplôme, si elle-même tenait jusque-là, si la terre continuait de tourner.

On avait frappé. Kate ouvrit. C'était la gardienne — à cran pour changer. Mais cette fois son agacement se nuançait d'une pointe d'inquiétude.

— Encore un appel? demanda Kate d'une petite voix.

— On ne peut rien vous cacher, dit l'autre en tournant les talons.

— Un homme, je parie, murmura Kate.

Si Clarkville avait découvert un nouveau cadavre, il avait intérêt à se trouver quelqu'un d'autre avec qui le partager. Mais c'était Moon. On venait de l'arrêter pour le meurtre de Janet, il n'avait droit qu'à un appel, Kate se sentait-elle capable de lui trouver, sans trop tarder, un avocat et le montant d'une caution? Sinon, bien sûr, il comprendrait, il avait été en prison déjà, à l'occasion de diverses marches pour la paix ; mais il avait pensé qu'elle aimerait mieux être mise au courant. « Au cas où tu te poserais des questions, ajouta-t-il, serein, ce n'est pas moi qui l'ai tuée ».

CHAPITRE HUIT

Kate avait eu l'occasion naguère, lors d'un été mouvementé dans les collines du Massachusetts, de faire appel aux services d'un avocat de Boston. Ce dernier avait connu Reed sur les bancs de la fac de droit de Harvard avant de devenir avocat au pénal. Kate résolut de l'appeler à l'aide.

Avant de former le numéro, elle hésita un peu. Il était délicat de faire intrusion de la sorte dans la vie d'un homme aussi occupé, mais les urgences n'envoyaient pas de préavis. Et Kate et lui étaient restés amis, d'autant que Kate avait épousé Reed depuis. Oui, John Cunningham avait des chances de voler à son secours, même si Reed se trouvait pour l'heure au Lhambamamba ou ailleurs.

— J'aurais dû m'en douter, déclara Cunningham lorsqu'elle parvint à le joindre. Tout ce remue-ménage à Harvard, ce micmac infâme autour de cette pauvre femme et de sa chaire d'anglais. Comment n'ai-je pas deviné que vous étiez au cœur de l'action ? Après tout, je savais que vous vous trouviez dans le secteur — c'était assez pour soupçonner le pire. Bon, qui est en prison, cette fois ? Pas Reed, j'espère.

— Non, Reed est toujours en mission à l'autre bout de la planète. Je suis seule impliquée dans l'affaire, ou plus exactement c'est un ami à moi qui vient de se faire arrêter pour meurtre.

— Il avait des liens avec la victime ?

— Aucun. Sauf qu'autrefois, mais c'était il y a plus de vingt ans, ils ont été mariés quelque temps.

— Sauf que ! Simple détail ! explosa Cunningham.

Kate crut que le récepteur allait en faire autant. Il y eut un silence affairé, le temps pour Cunningham de consulter son agenda et sa secrétaire.

— Pouvez-vous passer me voir à mon bureau ? reprit-il au bout d'un moment. On verra ce qu'on peut faire pour réunir la caution. Ils ont commis une erreur en l'arrêtant, j'en suis à peu près sûr ; ils ont voulu se donner le temps de souffler. C'est la première fois qu'il est sous les verrous, j'imagine. Pas de casier judiciaire ?

— À vrai dire... hésita Kate. Il a dû participer à un certain nombre de manifestations — avec Martin Luther King notamment — et diverses marches pour la paix. Je serais tentée de croire qu'il a déjà connu la prison.

Elle s'en voulait pour ce ton contrit, mais ce n'était pas si simple.

— Ah ! parfait, s'écria Cunningham à l'autre bout du fil, et Kate n'en crut pas ses oreilles. Excellent. Nous allons pouvoir invoquer la partialité, l'usage abusif de casier judiciaire, ce genre de choses. Pas de problème. Passez à mon bureau, chère amie, je vous attends.

Kate se retrouva dans le bureau de Cunningham en compagnie de Moon, libéré sous caution avec toutes les réserves d'usage. Cunningham interrogeait Moon et se montrait aussi tranchant qu'il avait été affable avec Kate, tour à tour homme d'affaires et grand frère rassurant. Du fond de la pièce, Kate observait Moon et se faisait la réflexion que ces deux-là n'avaient guère de chance de se plaire.

Il lui venait un doute odieux : et si Moon était l'assassin, finalement? Si c'était lui qui avait tué Janet? L'hypothèse lui avait paru d'une invraisemblance criante, mais n'était-ce pas une réaction purement subjective? N'était-ce pas une façon d'évacuer cette idée insoutenable : cet homme qu'elle avait aimé jadis — et dont elle avait, en des temps moins anciens, accepté la tendresse — était-il capable de tuer? Allons, l'heure était venue de se poser la question cruciale. Se pouvait-il que Moon se fût laissé entraîner à une scène de ménage, ou d'ex-ménage, avec Janet, au point de perdre son calme?

Visiblement, John Cunningham se tenait le même raisonnement, mais sans s'encombrer du désir d'innocenter le suspect.

— Mais enfin, plaidait Moon, quel mobile voudriez-vous que j'aie?

— Les mobiles, on s'en fout! tonna Cunningham. Je m'en balance, la police aussi. La police, tout ce qui l'intéresse, c'est de savoir si le prévenu a eu l'occasion et les moyens de commettre le crime. De toute manière, si elle se souciait du mobile, avoir été l'époux de la victime serait à leurs yeux suffisant.

— Si le mariage est considéré comme un mobile d'assassinat... commença Kate.

— Kate, par pitié, silence. Vous savez parfaitement ce que j'entends par là. D'ailleurs, les statistiques sont formelles : la plupart des meurtres sont commis par des proches de la victime, et les conjoints, actuels ou anciens, tiennent le haut de la liste. Il tombe sous le sens qu'il n'est pas besoin de préméditation. Il suffit d'une bonne prise de bec, assortie d'une dose de rancune et de vieux souvenirs aigris.

— Bien. Mais nous n'avons pas eu de prise de bec, soutint Moon. Ni bonne, ni mauvaise. Quant aux souvenirs, pas sûr qu'il en reste. L'unique fois où nous nous sommes revus, nous n'avons pas échangé dix mots. Nous n'avions rien à nous dire.

— Apparemment, en ce qui concerne Kate, votre mémoire n'est pas si défaillante.

— Mais ça n'a rien à voir, dit Moon. Kate, je l'ai toujours aimée. Même quand j'ai épousé Janet, je l'aimais, je crois.

— Qui n'aime pas Kate ? coupa Cunningham. Qui lui résiste ? Pas moi, sinon pourquoi passerais-je mon temps à faire mettre en liberté sous caution ses chers amis, toujours fins lettrés, inculpés d'assassinat ? Cela dit, si j'ai bien compris, Kate n'a rien à voir avec votre présence à Harvard, alors que rien ne me prouve que vous n'êtes pas venu pour Janet — ne me coupez pas la parole, j'essaie d'envisager les choses sous le même angle que la police. Et vous avez sans doute été aussi surpris que moi d'apprendre que Kate était à Harvard.

— Pour être franc, dit Moon, pas précisément.

— « Pas précisément », c'est-à-dire ? Il me faut la vérité, Mr. Mandelbaum. Il me la faut de A à Z et immédiatement !

— Moi aussi, j'aimerais savoir, renchérit Kate.

— J'ai dit : silence, lui rappela Cunningham. Kate, il faut voir les choses en face : si l'affaire passe au tribunal, le procureur ne lui fera pas de cadeau, à votre ami. Et la police risque d'avoir un dossier sacrément solide, autant le connaître sur le bout du doigt. Parce que les policiers ont, pour le moment, des arguments de poids. Sans parler de l'argent — de votre argent. Alors, par pitié, taisez-vous.

— Je vais essayer, promit Kate. Mais il me vient une question, et pas sotte du tout. Je peux la poser?

— Crénom, oui. Mais j'en termine d'abord sur ce point précis. Alors, Mr. Mandelbaum?

— J'aimerais autant que vous m'appeliez Moon. C'est comme ça que tout le monde m'appelle.

— Je ne suis pas tout le monde. Je suis avocat, et un avocat extrêmement cher. Vous êtes peut-être docteur ès lettres? Je peux vous appeler Dr. Mandelbaum.

— À tout prendre, j'aime autant monsieur.

— Mais vous avez un doctorat?

— Sûr.

— Vous êtes donc effectivement professeur d'université! Pas d'imposture là-dessous? Pas de fantasme qu'il vaudrait mieux tirer au clair?

— Des fantasmes, si, à la pelle. Mais pas sur ma qualité de professeur de faculté. Demandez à Kate. Je suis titulaire à Minneapolis.

— Vous auriez mieux fait de ne pas le quitter, votre poste.

— Je ne regrette pas d'être venu ici, déclara Moon. Envers et contre tout, je ne regrette rien.

— Revenons à nos moutons, dit Cunningham. L'occasion, les moyens. À moins que vous ne teniez vraiment à discourir sur les beautés de Harvard.

— Pour ce qui est des moyens, je les avais, dit Moon. Ou plutôt j'aurais pu les avoir.

— Comment ça, tu avais les moyens? s'écria Kate.

— Kate, si-lence.

— Oui monsieur.

— J'entends par là que j'ai eu accès — je crois que

c'est le terme consacré — à ces fameuses capsules de cyanure. À l'armée, pendant la Seconde Guerre mondiale, aux Philippines. En fait, j'y ai eu plus que l'accès, si vous voulez tout savoir... Vous savez, vous devriez un peu vous détendre. Essayez d'être plus relax.

— Je ne suis pas relax! aboya Cunningham, plus fort que nécessaire selon Kate. J'ignorais qu'on était aussi placide à Minneapolis.

— Excusez-moi, dit Moon. Vous savez, après la guerre, c'était facile de garder sur soi ce genre de petites choses. C'est monnaie courante après toutes les guerres, j'imagine. Les soldats se débrouillent pour rafler ce qu'ils peuvent, que ça vienne de leur armée, de l'ennemi, peu importe. En ce qui me concerne, j'en avais tant vu que franchement j'estimais avoir droit à cette possibilité de tirer ma révérence vite fait, si jamais les souvenirs devenaient trop pénibles.

— On vous en avait distribué?

— Diable, oui. Nous étions aux premières loges. Nous savions ce qui nous attendait en cas de capture. De toute façon, ce n'était pas une denrée rare. J'en ai eu entre les mains, je ne peux pas nier que j'en ai eu et que je l'ai conservé par la suite.

— Qui était au courant du fait?

— Là est toute la question, je vous l'accorde. Sitôt rapatrié, je suis rentré chez moi. Il y a peut-être eu des gens au courant, mais il ne me semble pas. En réalité, je dirais même que personne ne l'a su, mais naturellement je ne peux pas en jurer. Je ne me souviens vraiment plus de ce que j'ai dit, ni à qui, dans les jours et les semaines de mon retour à la vie civile.

— Ensuite, vous avez repris vos études?

— Oui. Mais nettement plus tard. Il m'a fallu le

temps de récupérer. Je voulais étudier le théâtre. La tragédie surtout m'attirait. C'est à la fac que j'ai rencontré Kate.

— Je l'avais compris. Kate, saviez-vous qu'il était en possession de cyanure ?

— Je l'apprends à l'instant.

— Et vous l'avez apporté à Harvard dans vos bagages, ce cyanure ? reprit Cunningham.

— Bien sûr que non, pour quoi faire ?

— Et vous ne saviez vraiment pas que votre ex-épouse, Janet, se trouverait aussi à Harvard ?

— Absolument pas. Là encore, je sais que ça peut sembler bizarre, mais c'est la vérité. Janet m'a cru sans hésiter, elle. Comme je l'ai dit à Kate, même si quelqu'un remarquait que deux professeurs fraîchement débarqués à Harvard portaient le même nom de famille, Mandelbaum est un patronyme si répandu que la coïncidence n'aurait rien de surprenant.

— Encore que, dit Cunningham, renseignement pris, il n'y ait guère qu'une demi-douzaine de Mandelbaum dans l'annuaire de Boston. Vous pouvez vérifier. Alors que les Connolly et les Kelly remplissent des pages entières.

— Janet ne savait pas que je venais. Je ne savais pas qu'elle serait là. Nous ne nous sommes rencontrés à Harvard qu'une seule fois.

— Vous avez bavardé un peu ?

— Nous avons échangé quelques mots, sur le mode de la politesse.

— Vous souvenez-vous de ce qu'elle vous a dit ?

— Oui. Après les banalités d'usage, elle a dit en substance : « C'est bizarre, quand on y pense. Autrefois, j'étais la brillante étudiante à qui tout réussit, tu étais le contestataire farfelu. J'ai écrit des ouvrages sérieux pendant que tu jouais de la guitare. N'empêche qu'ici, apparemment, tu t'adaptes mieux que moi. Tu ne trouves pas ça bizarre ? »

— Et qu'avez-vous répondu ?

— Que peut-être, étant un homme, j'étais plus facilement accepté, mais que je ne me sentais pas précisément chez moi ici, alors qu'elle m'avait toujours paru en accord parfait avec l'esprit même de Harvard. Je crois le lui avoir dit le plus délicatement possible.

— Et qu'a-t-elle répondu ?

Le tir nourri de Cunningham avait tout de l'interrogation de police.

— Elle m'a dit, d'un ton très amer, qu'elle aussi s'était toujours crue en accord avec l'esprit de Harvard. Nous nous sommes quittés là-dessus. C'était à un dîner en l'honneur d'Eudora Welty, qui venait de donner une conférence. Sinon je n'y serais jamais allé, j'ai horreur de ce genre de manifestation. Mais j'ai beaucoup d'admiration pour l'œuvre d'Eudora Welty.

— Mr. Mandelbaum, si nous pouvions, rien qu'un instant, laisser de côté les belles lettres, Eudora Welty et la tragédie, et en venir enfin à la réponse à ma question : comment se fait-il que vous n'ayez pas été surpris d'apprendre que Kate était à Harvard ?

— Je l'avais lu dans la *Gazette*, comme je le lui ai expliqué. Mais je me doutais qu'elle viendrait. Parce que, pour être franc, je n'étais pas tout à fait étranger à sa venue. (Moon poussa un profond soupir.) Tu vas m'en vouloir à mort, Kate, et pourtant, au début, c'était vraiment le hasard. Voilà. J'ai une amie que j'ai connue au temps des marches pour la paix et qui voulait aller à New York voir son frère. Je l'ai rencontrée un jour à Central Square et nous avons un peu bavardé, elle m'a dit qu'elle habitait dans une communauté dont j'avais entendu parler, et puis elle en est venue à ce curieux incident dans lequel une de ses amies, que j'avais rencontrée aussi, était bizarrement impliquée. Une femme en procès avec son ex-mari pour une histoire de garde d'enfants et qui avait été appelée auprès de Janet lors de l'affaire de la baignoire. Vous connaissez. Bref, apparemment, Janet avait parlé de Kate à cette amie qui devait aller à New York, et... bon, je l'ai plus ou moins convaincue d'essayer d'aller trouver Kate et de la convaincre de venir aider Janet...

— Moon ! s'écria Kate, tu connais donc Jocasta !

— Assez peu, dit Moon, mais je l'admire.

— John, ajouta Kate. Ne demandez pas qui est Jocasta. S'il vous plaît... Tout ce que Moon essaie d'expliquer, c'est qu'il a mis en mouvement deux ou trois petits rouages.

— Je me disais que, si ça marchait, j'aurais peut-être une chance de te revoir, avoua Moon.

— Autre chose à confesser, avant que je vous jette dehors tous les deux ? dit Cunningham.

— Non, dit Moon, je crois que j'ai à peu près fait le tour. Sauf que la police a découvert que j'avais disposé de cyanure, que Janet et moi avions été mariés autrefois et que je n'avais pas d'alibi valable. Et c'est comme ça que je me suis retrouvé sous les verrous. Mon passé de fauteur de troubles — à leurs yeux — a dû renforcer leurs convictions, j'imagine.

— Vous résumez parfaitement la situation, Mr. Mandelbaum. Une dernière question. Pour autant que vous le sachiez, où se trouve, à l'heure actuelle, ce fameux cyanure ?

— En principe, chez moi, à Minneapolis. Dans le coffret où je le tiens sous clé, avec deux ou trois autres babioles. Il dort là depuis plus de trente ans.

— Vous ne l'en avez jamais retiré et, à votre connaissance, personne d'autre n'y a touché.

— Exactement.

— Et consentiriez-vous — non que vous ayez tellement le choix — à ce que soit vérifiée la présence de cyanure dans ce coffret?

— Volontiers, mais à une condition : que ce ne soient pas des policiers qui procèdent à l'opération. Ou pas sans témoins. Les policiers, tels que je les connais, sont au moins aussi doués pour créer des preuves que pour en trouver. Si vous connaissez quelqu'un en qui vous ayez confiance...

— J'espère, Mr. Mandelbaum, que vous ne professez pas à tout venant vos opinions sur la police. Je crains que votre cause n'ait rien à y gagner.

— Je saurai tenir ma langue. Mais à vous, je peux dire ce que je pense, j'imagine?

— Hélas ! oui. Puis-je vous demander de sortir et d'attendre une petite minute, le temps que j'échange un mot avec Kate?

— Naturellement. Merci, Mr. Cunningham.

— C'est Kate qu'il faut remercier. J'espère seulement que ces remerciements seront encore de rigueur quand notre affaire connaîtra sa conclusion.

Moon parti, Cunningham se leva, contourna son bureau et vint s'y adosser, face à Kate.

— Je sens que c'est pour un avertissement, dit Kate, sortant une cigarette.

— Tout juste, dit-il en la lui allumant. Vous le connaissez bien, ce Moon?

— Très bien sur certains plans et pas du tout sur d'autres. Je connais bien la personne, l'homme qu'il est. Je sais, vous ne le croyez pas, mais pourtant c'est vrai, je crois savoir qui il est. D'accord on peut se tromper. Ce que je ne sais pas, en revanche, c'est la façon dont s'articule sa vie quotidienne. Quand nous étions étudiants, je le voyais presque tous les jours, nous potassions nos examens ensemble, nous discutions de Henry James — que j'aimais bien et lui pas. Je savais à quoi ressemblait sa vie, au moins pour tout ce qui concernait le travail. Je ne peux plus en dire autant. Mais si vous m'annonciez que Moon a renversé un enfant à moto et qu'il ne s'est pas arrêté, ou qu'il s'est mis à la chasse au daim, ou qu'il a agressé une femme, je ne vous croirais pas, ou plutôt je me dirais que c'est parfaitement invraisemblable.

— Et avoir un accès de fureur contre son ex-épouse au point d'attenter à ses jours, il en serait capable ?

— Pour un avocat de haut vol, vous posez des questions bien naïves.

— Pour une universitaire de haut vol, vous avez une certaine tendance à ne pas vous les poser. Il nous assure qu'il n'a rencontré Janet qu'une fois, qu'elle et lui n'ont échangé que quelques phrases polies, qu'ils n'avaient aucun différend, mais c'est lui qui le dit. Pour le moment, rien ne nous le prouve. L'occasion, il l'a eue, les moyens aussi. Reste le mobile, mais gageons qu'en cherchant bien nous pourrions le trouver. C'est tout. Je tenais à vous le rappeler avant de vous laisser repartir comme un gentil chien limier, le nez au vent.

— Et tant qu'à faire des suppositions, que lui verriez-vous, comme mobile ?

— Je ne fais jamais de suppositions. C'est une perte de temps. J'ai lancé des recherches pour vérifier que le divorce en était bien un, et non une simple séparation à l'amiable qui aurait perdu de son amabilité. Je vérifie aussi les termes du divorce ; il arrive que l'une des parties n'observe pas ses engagements. Mais même s'il n'y a pas d'anguille sous ces roches-là — et je ne pense pas qu'il y en ait, parce que Mr. Mandelbaum n'est pas sot, et qu'il sait que ces choses-là se vérifient —, même s'il n'y a rien dans cette direction cela ne signifie pas qu'il n'ait pas de mobile. On ne peut jamais savoir. Peut-être qu'elle s'apprêtait à vous dire qu'au temps où ils étaient mariés il n'acceptait de faire l'amour que déguisé en squaw et suspendu au lustre, un tomahawk à la main. Peut-être qu'il ne voulait surtout pas que vous appreniez ce détail.

— John, vous m'étonnerez toujours. Quelle imagination débordante !

— Pas du tout, chère amie, mais il faut garder l'esprit ouvert. Scruter dans une unique direction, c'est permettre à l'ennemi de vous poignarder dans le dos. Vous n'êtes pas amoureuse de lui, j'espère ? Bon, ça va, je vois que non. Mais par pitié, un peu de bon sens. Je suis sûr que vous en avez, sous vos allures folâtres.

— Folâtre, moi ? s'indigna Kate, sautant sur ses pieds pour prendre congé. D'ordinaire, on dit de mon allure qu'elle est sage et sophistiquée. Folâtre. En voilà un compliment !

— Kate, je vous en conjure, surveillez-vous. Et gardez le contact, d'accord ? Je vous tiendrai au courant de mes découvertes, tenez-moi au courant des vôtres.

Kate lui tendit la main.

— Merci, John. Que deviendrions-nous sans vous ?

— Je vais vous faire un compliment, Kate, un vrai. Au moins, vous savez entendre ce qu'un homme ne dit pas mais qu'il aimerait dire. C'est une qualité que j'admire.

Kate rougit, comme toujours, et sortit sans un mot. De la cabine téléphonique voisine, elle appela Leighton et la pria de lui envoyer Judith dès le lendemain matin, si possible, au sujet de cette fameuse interview.

Elle raccrocha un peu brutalement. Folâtre. Et puis quoi encore ?

Dès le lendemain, frémissante de zèle, Judith se présenta au bureau de Kate.

— Je vous ai fait appeler, dit Kate, parce que j'avais mon idée en tête. C'est moi qui vais vous interroger sur votre entretien avec Janet Mandelbaum.

— Wouah ! s'écria Judith, j'espère que je vais me souvenir. Je n'ai jamais rédigé l'article. J'étais vraiment trop débordée, sans compter qu'ils n'auraient rien pu en faire, au journal.

— Je voudrais seulement savoir ce qu'elle vous a dit, ce que vous lui avez dit, comme cela vous revient à l'esprit. Ne vous souciez pas d'ordre logique, peu importe. Débobinez le fil, c'est tout.

— Est-ce que je peux brancher le magnéto, pour pouvoir me souvenir, cette fois ?

— Entendu, bien que j'aie horreur de ces appareils. Janet aussi, si je comprends bien.

— Elle avait absolument refusé que je le mette en route. J'avais insisté, pourtant. Mais elle avait l'air de redouter que je puisse en faire une arme contre elle. Elle ne me faisait pas confiance.

— C'est moins une question de confiance qu'une question de jugement, dit Kate. Mais dans la mesure où vous acceptez de laisser l'interviewé lire la transcription par la suite, y apporter des corrections, et récupérer la bande au besoin, je ne vois pas pourquoi on vous le refuserait.

— Je ne sais pas, elle avait l'air anxieux, comme sur le qui-vive. Inquiète à l'idée qu'on puisse lui jouer un mauvais tour. Je ne sais pas comment dire. En tout cas, elle m'a tout juste permis de prendre des notes. Je les aurais apportées, si vous m'aviez dit...

— Essayez seulement de vous souvenir. Vous comprenez, il se peut très bien que j'estime important un détail que vous auriez jugé sans intérêt pour votre article. Quel genre de détail ? Je n'en sais rien.

— Wouah, dit Judith. On n'a pas une minute de trop : j'ai cours à onze heures.

— Comment avez-vous contacté Janet ? Commencez par le commencement, entrez dans les moindres détails, n'ayez pas peur de m'ennuyer. Et profitez-en : on n'a pas tous les jours cette chance.

— Wouah, non. Alors, voilà. Nous avons eu ce petit accrochage à propos du magnéto, je n'y reviens pas. Elle m'a demandé ce que j'étudiais, je lui ai dit la bio-anthropologie. Alors elle m'a interrogée sur la sociobiologie, mais j'y suis habituée : les querelles vont bon train, à Harvard, dans ce domaine. Elle m'a demandé de quel côté j'étais, je lui ai dit que je n'étais pas d'accord avec les sociobiologistes, elle m'a répondu qu'elle si. Elle avait lu que d'après eux l'altruisme est dans les gènes, c'est un instinct de préservation de l'espèce, et elle était tout à fait d'accord. Je trouve qu'on situe les gens, sans problèmes, d'après leur position sur ce point. Mais je n'ai pas beaucoup discuté puisque ce que je voulais, surtout, c'était l'amener à parler d'elle. Alors j'ai commencé à dire que c'était vraiment génial d'avoir enfin une femme au département d'anglais, surtout quand on pense que la moitié des doctorats décernés vont à des femmes. Là, elle a pris un air renfrogné.

– Renfrogné ?

– Agacé, en tout cas. Elle a dit que, bien sûr, il était stipulé que la chaire devait aller à une femme, mais qu'elle avait été choisie pour ses compétences, et que c'était le point intéressant, pas le fait qu'elle était une femme. Alors je l'ai interrogée sur sa carrière, puisque c'était ce qu'elle attendait de moi. Mais ce qu'elle a commencé à me dire, tout le monde le savait déjà : Harvard avait fait passer un article à l'occasion de son arrivée. Alors, je lui ai demandé ce qu'elle pensait de Harvard par rapport aux autres universités. Celles qu'elle avait connues, du moins. Elle m'a répondu qu'il était trop tôt pour répondre. Elle a seulement précisé que là où elle enseignait, avant, on n'était pas toujours à lui répéter qu'elle était une femme, alors qu'à Harvard on n'arrêtait pas. Elle m'a dit qu'il y avait toujours eu des femmes parmi les spécialistes du XVIIe siècle. Ensuite, je lui ai parlé des *women's studies* et elle m'a répondu que ces filières universitaires étaient une mode grotesque. Que c'était une absurdité d'aborder la poésie sous un point de vue purement féminin, que ça ne rimait à rien, que si on aimait la poésie on étudiait la poésie, point final. Vous voyez ça d'ici : on ne peut pas dire que l'interview marchait comme sur des roulettes. Alors, j'ai embrayé sur Cambridge, je lui ai demandé si elle s'y plaisait. Leighton dit toujours que le charme de Cambridge, c'est sa verdure. J'ai demandé à Janet Mandelbaum si elle aimait la verdure, mais elle m'a répondu qu'elle détestait Harvard Square, à cause de la circulation, des travaux du métro, du bruit, de tous ces jeunes, des groupes, des couples. Elle a dit que tout le monde allait toujours en groupe ou en couple, que personne n'était sérieux. Elle avait cru qu'à Harvard les étudiants seraient sérieux… Vous êtes sûre que tout ça vous intéresse ?

— Continuez.

— Ensuite, elle m'a dit qu'il ne fallait pas que j'écrive tout ça. Je lui ai répondu que je n'avais rien noté, que nous avions espéré qu'elle nous donnerait son opinion sur cette nouvelle chaire et… nous avons recommencé à tourner en rond. Alors je lui ai dit : Professeur Mandelbaum, vous ne vous rendez pas compte, c'est important, pour nous, les étudiantes, de trouver en vous un modèle, un guide, c'est une émulation pour nous. Elle a répondu que nous pouvions toujours nous inscrire dans les instituts spécialisés dans ce type d'études si nous y tenions à ce point, et qu'elle ne voulait plus entendre parler de ces histoires de modèle ou de guide ou autres salades à la sauce psy.

Judith se tut un moment et reprit, pensive :

— Vous savez, le plus fort, c'est que je l'avais déjà entendu, ce discours. Des tas de fois. Mais c'était triste de la part de quelqu'un comme elle. Et en plus, comment dire ? Dans sa bouche, ça rendait un son différent.

— Différent, mais en quoi ?

— Difficile à dire. Dans un sens, après tout, elle aurait pu refuser de discuter de tout ça. Il y a des femmes qui refusent tout net. Pas elle. Au contraire, d'une certaine façon, j'avais presque l'impression qu'elle souhaitait en discuter. Enfin, pas vraiment, mais…

— Mais c'était un peu comme lorsqu'on a une dent qui fait mal et que la langue n'a de cesse d'appuyer sur le point douloureux ?

— Un peu, oui. Ou encore… Je ne sais pas. J'avais l'impression qu'en réalité elle se sentait terriblement seule.

— Vous avez abordé d'autres sujets?

— Non. Rien de spécial.

— Une chose reste une énigme pour moi, reprit Kate. Qu'espérait-elle, qu'attendait-elle en réalité? De Harvard, de sa vie ici?

— J'ai ma petite idée, avança Judith. Elle m'a dit qu'avant d'avoir une chaire ici elle était venue deux ou trois fois, en visiteuse, pour les conférences de Clarkville sur la littérature victorienne. Il en donne régulièrement au théâtre Sanders, je ne sais pas si vous êtes au courant. Cinq cents personnes à chaque fois. Il faut dire que comme conférencier il est fascinant.

Kate s'émerveilla une fois de plus du mystère de l'être humain. À voir Clarkville à la soirée poésie, à le voir à Warren House, en grand prêtre du lieu, qui aurait pu se douter que cet homme était un conférencier fascinant?

— Je pense qu'elle se voyait, elle aussi, captiver les foules, méditait Judith à voix haute. Sauf qu'à Harvard elle n'avait aucune chance. C'est toujours pareil : la première semaine, les étudiants touchent à tout, par curiosité. Au début, elle a fait le plein, des gens qui venaient voir, mais pour finir très peu se sont inscrits à son cours. Elle n'était pas si passionnante, et en plus elle exigeait des devoirs.

— Les étudiants de Harvard sont une bande de flemmards, elle ne vous l'a pas dit?

— Non. Moi, ce que j'en sais, c'est ce que m'ont dit les autres. Leighton était allée à un de ses cours. Elle m'avait dit : emmerdant comme la pluie.

— Et pas Clarkville, conclut Kate avec un pincement au cœur.

CHAPITRE NEUF

Kate et Sylvia déjeunaient ensemble dans l'appartement de la rue du Mont Auburn, George ayant effectué le matin même l'un de ses fameux départs à l'aube. Kate n'était pas fâchée de retrouver le silence. Toutes deux contemplaient le fleuve depuis les fauteuils du salon en dégustant des yaourts.

— Tu sais, dit Kate, je me dis que Janet, au fond, aurait gagné à être un peu moins brillante et moins belle. Elle aurait peut-être été moins seule ; elle serait sans doute encore en vie.

— Son frère doit venir ici bientôt, annonça Sylvia. Pour reprendre ses affaires. Elle avait fait son testament : elle demandait à être enterrée dans le cimetière de ses parents, dans la ville de son enfance. Elle avait deux frères ; elle a légué tous ses biens à leurs enfants. Veux-tu le rencontrer quand il viendra ?

— Ce que j'aimerais surtout, c'est pouvoir jeter un coup d'œil aux affaires de Janet avant la venue du frère.

— Je crains que ce ne soit trop demander. La police a posé des scellés. Je crains que ton seul espoir soit de pouvoir y jeter un coup d'œil en même temps que lui.

— Je suppose que la police a songé à s'assurer qu'elle n'avait reçu personne juste avant sa mort? Auquel cas elle aurait pu se faire administrer le poison à cette occasion?

— Aucun élément sur ce point, que je sache. Tu as d'autres hypothèses? Parce que, pour le moment, l'éventail est restreint. Ou c'est Moon l'assassin, ce que tu nies mordicus. Ou bien c'est un illuminé au mobile fumeux qui s'en prend aux intellectuelles, ou qui agit pour protéger Harvard d'une invasion féminine — ce qui me paraît tiré par les cheveux. Ou encore — ne te voile pas la face — c'est Luellen qui l'a tuée.

— Sylvia. Luellen avait tout à perdre à ce jeu. Moins elle avait de contacts avec Harvard, mieux cela valait pour elle. Elle avait même préféré ne pas révéler à la police qu'on l'avait appelée à Warren House, pour l'affaire de la baignoire. Être confrontée encore avec Harvard était bien la dernière de ses intentions.

— N'empêche, d'après ce que tu me dis, elle a l'air plutôt ulcéré. Réfléchis. En toute franchise. Tu n'en as jamais vu, toi, dans des meetings, de ces féministes jusqu'au-boutistes si montées contre tout et le reste qu'on les devine prêtes à tuer?

— C'est un cliché, rien de plus, et tu le sais. Tant qu'à faire appel à un stéréotype, je prendrais plutôt Howard Falkland comme modèle du parfait assassin. Les hommes n'arrêtent pas d'assassiner des femmes à longueur de romans. C'est un de leurs fantasmes chéris. Une manière de se venger, peut-être, pour leurs privilèges usurpés, pour la perte de leurs prérogatives sur tous les plans — politique, social, sexuel et j'en passe...

— Kate, écoute un peu. Dès qu'il s'agit de Luellen, tu perds ton objectivité légendaire. À la place de Luellen, laisse-moi te dire, j'aurais une méchante envie de prendre ma revanche. Ma revanche sur le reste du monde, mais plus précisément sur quelqu'un comme Janet, une femme qui avait tout, vraiment tout — sauf de la compassion pour le reste du genre féminin.

Kate garda le silence un moment.

— Tout ce que je peux dire, reprit-elle enfin, c'est que j'ai rencontré Luellen et que je ne la vois vraiment pas tuer, surtout pas une autre femme. Je t'accorde qu'un policier trouverait l'argument mince. Mais tu me permettras, au moins pour le moment, de jouer plutôt la carte Falkland ?

— Et comment comptes-tu la jouer, ta carte ?

— Voilà, j'avais dans l'idée d'organiser une petite soirée ici, avec ta permission. Andy Sladovski et Lizzy, sa femme, Penny Artwright et Howard Falkland. Juste un petit souper et une conversation à bâtons rompus.

— Et s'ils se trouvent des excuses ?

— J'insisterai auprès d'Andy. Je lui dirai que j'y tiens beaucoup. Falkland est le seul qui ne viendra pas par amitié, mais je pense qu'il viendra tout de même, ne serait-ce que parce que ça ne se fait pas de refuser une invitation de la part d'un professeur, même si c'est une femme, même si elle n'a pas de poste à Harvard.

— D'accord. Tu feras ça sans moi. Une question me turlupine : Janet n'avait-elle pas d'amis ? Elle devait bien en avoir, tu ne crois pas ? Tout le monde en a, au moins quelques-uns.

— Elle en avait à son ancienne fac, parmi ses collègues (tous des hommes) et parmi la petite cour de ses anciens étudiants. Tout le monde a trouvé bizarre qu'elle ait fait appel à moi, sans prévenir, après vingt ans, mais je crois que la triste vérité est qu'elle n'avait personne vers qui se tourner. Des ami-e-s, elle en avait sûrement, là-bas, mais sans doute aucune en mesure de comprendre son problème.

— Tu sais ce que je pense? conclut Sylvia d'un ton moins désinvolte qu'à l'ordinaire. Que c'est sur l'amitié, ou l'absence d'amitié, que le sort des femmes finira par se jouer, en fin de compte. C'est là-dessus que repose la question de savoir si elles parviendront ou non à faire bouger les choses. Sur une certaine qualité de l'amitié — de ce quelque chose que Virginia Woolf disait plus varié, plus durable, parce que moins personnel.

L'arrestation de Moon et sa remise en liberté sous caution étaient dans tous les journaux, mais sa popularité auprès de ses étudiants n'avait fait qu'y gagner. Il avait repris ses cours et suggéré à ses élèves, si le sujet les inspirait, de relater l'histoire de deux points de vue différents, celui d'un observateur extérieur et celui du prévenu en personne. Un excellent exercice, d'après lui. Il répéta à Kate une fois de plus, lors d'un de leurs pèlerinages au cimetière, que ce n'était pas lui qui avait tué Janet, et qu'il comptait sur elle pour démasquer le coupable. Il doutait fortement des capacités de la police, mais il reconnaissait manquer d'impartialité sur ce point.

La police judiciaire de Minneapolis avait perquisitionné au domicile de Moon, pour l'heure en souslocation, et trouvé les capsules de cyanure à l'endroit indiqué. La police les avait confisquées afin de déterminer si elles contenaient bien du cyanure. Moon entendait les récupérer; elles lui appartenaient, disait-il. Cunningham était d'avis qu'il valait mieux ne pas trop y compter. Kate ne pouvait se retenir d'interroger Moon sur Janet. Sa personnalité l'intriguait.

— Ce que j'aimerais comprendre, disait-elle, c'est ce qui n'a pas marché dans votre couple. Parce que, tout de même, tu t'es remarié deux fois et sans plus de succès. J'en déduis qu'elle n'était sans doute que la moitié du problème. Tu n'as jamais essayé de faire en sorte que ça marche?

— À la fin, non. Je n'essayais plus. Elle voulait que je sois ce que je n'étais pas : le genre d'homme que ses parents auraient aimé lui voir épouser, j'imagine. Gentiment dominateur, doué pour la réussite sociale, doué pour faire prospérer ses biens. Tu sais mieux que moi à quoi correspond l'homme idéal.

— Mais dans ce cas, j'aimerais qu'on m'explique : pourquoi t'avait-elle dit oui?

— J'ai essayé de te l'expliquer. Au début, en apparence, je la dominais. Moi, c'était elle que je voulais, et non pas régner sur sa vie. N'oublie pas qu'elle était superbe. Les hommes la désiraient.

— Et pourquoi d'autres n'auraient-ils pas essayé de la dominer à leur tour?

— Elle faisait un peu peur, je crois. Elle était trop brillante et, tout en se voulant féminine, elle avait des opinions très arrêtées. Moi, remarque, ça me plaisait plutôt. Mais je ne suis pas très représentatif, tu sais bien.

L'idée le faisait sourire malgré lui.

— Est-ce qu'elle t'a parue ennuyée de te savoir à Harvard? Pardonne-moi de revenir à la charge; je ne sais vraiment pas par quel bout prendre le problème.

— Apparemment, quand elle a appris que j'étais là, elle a été un peu inquiète. Elle craignait que je parle d'elle ; elle s'était toujours souciée du qu'en-dira-t-on. Mais quand je l'ai rencontrée, elle s'était déjà fait une raison. Il faut dire, le fait que mes autres mariages aient échoué suffisait à la dédouaner, elle s'en rendait compte. Kate, si je pouvais te dire ce que tu cherches à savoir, je te le dirais, crois-moi. Je te le dirais.

Kate avait renoncé à son projet de dîner. L'idée était sympathique, et c'était une façon de remercier les Sladovski pour leur charmante soirée, mais après un repas les convives ont tendance à s'assoupir un peu et les conversations prennent un tour décousu. Alors qu'une invitation pour plus tard, nettement après le dîner, à l'heure où la soirée trouve son second souffle, avait des chances d'amener des hôtes plus diserts et plus éveillés. Avec un rien d'alcool et de provocation, il devait y avoir moyen d'amener Falkland à parler.

— Pas d'instructions spéciales? s'enquit Andy lorsque Kate et lui eurent arrêté la date de la soirée.

— Puisque vous posez la question — avec autant d'amabilité que d'intuition — si, précisément. Juste une, mais délicate. Essayez donc, à un moment donné, d'attaquer Clarkville. Peu importe le propos, pourvu que ce soit quelque chose de subtil. Je ferai en sorte de me joindre à vous. Quant à Penny, si j'ai bien compris, elle ne le porte pas dans son cœur.

— Vous vous rendez compte, j'espère, que vous risquez de mettre fin à deux carrières prometteuses à Harvard, si le patron a vent de ces mots doux?

Kate n'avait pas vu les choses sous cet angle.

— Oh, Andy, désolée. Mettons que je n'ai rien dit. Nous ne soufflerons pas mot de Clarkville, c'est promis.

— Kate, voyons ! Je plaisantais. Howard rapportera à Clarkville ce que bon lui semblera, et non ce que nous aurons dit. De toute manière, je ne compte pas rester à Harvard. D'une part Lizzy n'y tient pas spécialement, et d'autre part je ne peux pas encaisser l'endroit. Pour ce qui est de Penny, elle est bien assez grande pour mener sa barque seule. Je ne m'inquiète pas pour elle.

L'appartement de Sylvia ne manquait jamais d'impressionner les visiteurs. Les vastes fenêtres donnant sur le fleuve rachetaient le manque d'inspiration de l'architecture intérieure en lui donnant du caractère et une touche théâtrale. Le mobilier était du plus pur style danois contemporain.

Howard Falkland se détendit de façon sensible en découvrant l'opulence de l'endroit. L'amener à reconnaître la chose eût sans doute exigé l'usage de la torture, mais pour avoir déjà observé le phénomène, Kate repéra cette réaction au premier coup d'œil. Impressionner les gens ne présentait d'ailleurs à ses yeux que ce seul avantage : leurs défenses en étaient réduites. Son intérieur à elle, à New York, était conçu avec soin de manière à n'impressionner personne. New York... L'espace d'une seconde, elle fut prise d'une violente nostalgie pour son appartement newyorkais, pour Reed, pour son bureau désert à l'université. Que suis-je venue faire ici ? songea-t-elle — et la soirée commença.

Ils étaient arrivés en corps constitué, sur la requête de Falkland semblait-il. Kate se demandait quelle version il connaissait d'elle — un cocktail de celle de Clarkville et de celle d'Andy, sans doute, plus une pincée de rumeur publique. Une longue expérience de l'enseignement lui avait appris qu'on se reconnaissait rarement dans les descriptions d'étudiants, les faits et opinions y étant déformés à l'envi. Par bonheur, on n'avait pas souvent l'occasion de les entendre. Cette remarque lui inspira le premier sujet de conversation de la soirée : la vision que les étudiants avaient de leurs professeurs. Dans quelle mesure était-elle faussée, dans quelle mesure était-elle juste et précise?

— Qui de nous pourrait supporter ce qu'on dit de lui dans son dos? lança-t-elle en faisant circuler les boissons et ce que Sylvia appelait les « grignotis ». Nous aurions beau jouer l'indifférence, feinte ou sincère, le premier choc serait rude, vous ne croyez pas?

— Un jour, raconta Penny, j'étais aux toilettes quand deux étudiantes sont arrivées et se sont mises à parler de moi en long, en large et en travers au-dessus des lavabos. J'en ai gardé un mauvais souvenir. Je ne pouvais pas sortir, et elles sont restées là des heures, à discuter de moi tranquillement tout en se recoiffant, sans doute, ou en se refaisant une beauté. Je commençais à me dire que j'allais devoir émerger, à leur embarras et au mien, quand elles ont enfin décampé.

Kate perçut aussitôt un détail : Howard Falkland était mal à l'aise. Non parce que Penny avait mentionné les toilettes, mais parce qu'elle avait pris à témoin, du regard, les deux autres femmes de la pièce, soulignant que les deux messieurs étaient ici une minorité. Pour Harvard, ce déséquilibre était aussi malheureux qu'incongru. Une femme en trop, chacun le savait — du moins Howard le croyait-il —, c'était une source de problèmes.

Intérieurement, Kate bénit Penny pour ce brillant début.

— Le problème des étudiantes, intervint Andy, c'est qu'elles n'arrivent pas à croire qu'il existe des dames professeurs, et moins encore que ces dames puissent avoir des besoins élémentaires.

— Oui, lança Penny, mais ça vaut mieux que Clarkville, qui n'arrive pas à croire qu'elles aient un cerveau !

— Penny, dit Kate, tu ne crois pas que tu as la dent un peu dure pour ce pauvre Clarkville ? J'ai appris récemment que ses conférences sur la littérature victorienne lui attirent régulièrement plusieurs centaines d'auditeurs ; ça en impose, non ?

— Oh, mais comme conférencier, il en impose, c'est indéniable, reconnut Penny. Et son érudition aussi en impose. Il lit autant de langues qu'en lisait George Eliot, ce qui n'est pas rien ; il a suivi ses pas et ceux de Lewes dans leur périple sur les traces de Goethe. Ce qu'il ne faut pas lui demander, en revanche, c'est d'imaginer que ce même matériau pourrait être tout différent. Il est incapable, tout à fait incapable, fût-ce une fraction de seconde, de se mettre à la place de George Eliot.

Lizzy avait des doutes :

— Pour un homme, est-ce seulement possible ?

— Absolument. Joseph Barry a bien su le faire pour George Sand. Mais Clarkville n'essaie même pas. Je suis sûre qu'à ses yeux c'est vraiment dommage que George Eliot ait été femme. Elle avait une tournure d'esprit tellement masculine.

— On dira ce qu'on voudra, intervint Howard. Je suis ses cours depuis pas mal de temps, assez pour être en mesure d'affirmer que ses conférences sont la marque du génie pur. Si vous pouvez faire mieux, allez-y, vous avez ma bénédiction l'un et l'autre.

Il s'adressait à Andy et Penny, mais Kate se sentit incluse.

— Pour ma part, je ne m'y risquerais pas, dit-elle en se levant pour resservir à boire.

Tout en versant à Howard son bourbon allongé d'eau, il lui sembla le sentir bouillonner intérieurement. Ravalant ses remords, elle pria le ciel que tel fût le cas.

— Je m'en voudrais de nier ses talents, reprit Andy. Mais il faut voir les choses comme elles sont. Ce cours est une tradition, à Havard. Chacun sait sur quoi porteront les examens et, sachant que c'est le directeur de programme qui corrige les examens, se mettre dans ses petits papiers n'est sûrement pas une mauvaise idée. Mais je reconnais que si les gens viennent à ses conférences, et surtout s'ils en redemandent, c'est qu'il a le don de captiver son public, et même de l'émouvoir.

— Il y a quand même une anecdote qu'il ne faudrait pas oublier, dit Penny. Un jour, Clarkville a eu un empêchement, pour une de ces fameuses conférences. Pour le remplacer au pied levé, il s'est adressé à la seule femme de son département. Quand elle a gagné le podium et annoncé que c'était elle qui donnait la conférence ce soir-là, la majeure partie de l'assistance est sortie, tout simplement.

— Ce n'était pas la faute de Clarkville, laissa tomber Howard en posant son verre vide.

— Resservez-vous, je vous en prie, dit Kate en indiquant du menton le plateau de boissons.

Howard se leva pour se resservir.

— Ce qui est sûr, fit observer Andy, c'est qu'il n'en a pas touché mot à ses étudiants après coup. Il aurait pu les engueuler un peu, ou au moins leur faire des remarques sur la plus élémentaire courtoisie. Qu'on n'aille pas me dire qu'il n'a rien su de ce qui s'était passé. Et pourquoi la désigner, elle, pour commencer ?

— S'il n'avait pas fait appel à elle, vous l'auriez accusé de sexisme, dit Howard. Avec vous, c'est simple, on a toujours tort.

— Vous n'êtes pas d'avis qu'il aurait dû en toucher un mot après coup ?

— Non. Il lui a donné sa chance et elle l'a loupée. C'est tout.

— Et pour vous, demanda Lizzy, vous croyez qu'ils seraient restés ?

Il n'y avait pas d'agressivité dans sa question. Seulement de la curiosité.

— Si vous voulez le fond de ma pensée, répondit Howard, je pense qu'il en serait resté davantage. D'ailleurs, peut-être le saurons-nous un jour.

— Je suis sûr que Clarkville se fera un plaisir de vous en fournir bientôt l'occasion, fit remarquer Andy. Apparemment, il vous a à la bonne.

— Et alors ? Où est le mal ? s'enflamma Howard. Mais enfin, qu'est-ce que vous avez après moi, tous les deux ?

Kate prit les devants. Ces deux-là étaient bien capables de répondre, et elle aimait mieux s'en charger elle-même.

— Je crois, dit-elle, qu'ils s'interrogent sur votre rôle lors de la soirée qui a vu Janet Mandelbaum finir dans une baignoire.

— Et pourquoi aurais-je quelque chose à voir avec cette histoire ?

— Parce que vous étiez à cette soirée, dit Lizzy.

— Qu'en savez-vous ?

— C'est moi qui le lui ai dit, trancha Kate. Je le tiens de Luellen May. Qui vous connaît parce que John Lightfoot vous a présentés l'un à l'autre.

— Je vois, gronda Howard. C'est un traquenard. Vous ne m'avez invité que pour me cuisiner.

— Pas seulement, rectifia Kate. Je vous ai invité aussi parce que je voulais faire votre connaissance. J'ai assisté à votre petite conférence, l'autre soir. Et il se trouve qu'étant moi-même titulaire d'une chaire d'anglais dans une université, j'accorde un certain intérêt au département d'anglais de Harvard. Les comparaisons sont toujours riches d'enseignement. Mais le fait que vous ayez assisté à cette soirée — et que Janet soit morte depuis — n'est pas étranger à cette invitation, j'en conviens.

Howard remplit son verre à nouveau, bien décidé à démontrer, songea Kate, qu'il était de ceux chez qui l'alcool fait sauter les verrous de la réserve et de la civilité.

— Bon, reprit-il, c'est vrai que je n'ai pas les mêmes opinions que vous. Mon credo, c'est que les femmes ne sont jamais aussi heureuses que quand elles peuvent adorer un homme et lui faire des mômes, comme la nature même l'a prévu.

— Mais vous ne voyez pas d'inconvénient à ce qu'elles engagent des frais élevés pour être vos étudiants, dit Penny.

— Il est normal qu'elles fassent les mêmes études que les hommes. Elles auront à vivre avec les hommes, même si certaines, de nos jours, ne sont pas de cet avis.

— Tout le monde sait que les temps sont durs dans l'enseignement supérieur, dit Lizzy. Il est normal que les jeunes diplômés comme vous enragent de voir les femmes venir grossir les rangs de la concurrence. De nombreuses universités cherchent à engager des femmes, paraît-il.

— Mais tout de même, reprit Kate, glisser quelque chose dans le verre de Janet, c'était y aller un peu fort. Même si la compétition est rude, tous les coups ne sont pas permis. D'autant qu'on ne peut pas dire que Janet faisait de l'ombre à quiconque. Je dirais même que c'était le contraire. Le département d'anglais ainsi nanti de « sa » femme, et titulaire de surcroît, le risque était pratiquement nul de le voir engager des femmes à d'autres niveaux.

— Écoutez, déclara Howard. Vous grossissez l'affaire. C'est entendu, je n'ai peut-être pas agi de la manière la plus noble, mais ce n'est tout de même pas comme si j'avais essayé d'avoir sa peau, même si j'ai tiré avantage de la situation. Encore que... D'accord, je n'aurais pas dû lui servir quelque chose de plus fort que ce qu'elle avait demandé, je n'aurais pas dû dire qu'elle était une des « sœurs » de Luellen, mais bon, ce n'est tout de même pas comme si je lui avais administré de la drogue ou des barbituriques.

— C'est pourtant ce que nous avions pensé, dit Andy.

— Comment ça, ce que vous aviez pensé ? rugit Howard en se dressant comme un ressort. Hein ? Qu'est-ce que ça veut dire, j'aimerais le savoir ?

Il était planté, menaçant, au-dessus d'Andy calé dans son fauteuil. Était-il capable d'accès de fureur assez durables pour administrer à l'objet de son courroux une capsule de cyanure ? De préméditer un meurtre ? Kate était tentée de le croire. Mais peut-être est-ce seulement parce que j'aimerais le croire, se raisonna-t-elle, prudente.

— Howard, je vous en prie, dit-elle. Rasseyez-vous et écoutez-moi. Voilà. Merci. Et maintenant ne vous fâchez pas. Répondez simplement à ma question.

Avez-vous, oui ou non, glissé quelque chose dans le verre de Janet, à Warren House, la nuit de l'incident de la baignoire? (Ou toute autre nuit, d'ailleurs, ajouta-t-elle.)

— Glissé quelque chose n'est pas le mot. J'y ai ajouté de la vodka. Je l'admets. Mais ce n'est pas comme si j'avais forcé à boire quelqu'un qui ne buvait jamais. Ce n'est pas du jus d'orange qu'elle buvait, de toute façon, c'était un Campari. Je n'aurais pas dû, je sais, mais je voulais seulement voir comment elle réagirait. Je dois dire que sa réaction a dépassé toutes mes espérances. Presque aussitôt elle s'est retrouvée dans le cirage, ou au moins dans les vapes, et elle est allée aux toilettes. Voilà, c'est tout ce que j'ai fait.

— Oui, mais ensuite? le pressa Kate. Par pitié, Howard, racontez-nous toute l'affaire, en détail, et nous ferons de notre mieux, je vous promets, pour passer l'éponge sur ce qui peut être oublié. Mais il faut que nous sachions, vous le comprenez bien, à présent qu'on l'a tuée.

Howard atteignait le stade larmoyant. Il était prêt à se confesser, à battre sa coulpe. Kate aurait donné cher pour ne pas avoir à l'entendre, mais elle se devait de l'entendre.

— J'étais avec une amie à moi, reprit Howard. Une étudiante de troisième cycle. Pas une féministe, ça non. En fait, c'est elle qui avait eu l'idée, avec des copines, d'inviter Janet. Pour rire un peu, elles disaient. C'est même elle qui a eu l'idée de muscler sa boisson. Ce n'est pas que je me cherche des excuses, j'étais d'accord aussi. Je crois que je me disais que ça amuserait Clarkville de la voir un peu pompette. Ensuite, quand elles ont vu Janet se diriger vers les toilettes alors qu'elle ne tenait même plus sur ses jambes, les filles l'ont accompagnée. C'est là qu'elles ont eu l'idée de la mettre dans la baignoire, mais je crois que c'est parce qu'elles avaient peur : elle était ivre morte, elle perdait connaissance, elles ont cru qu'elle allait avoir une syncope, quelque chose comme ça. Elle était devenue toute molle et elles se sont dit... Vous n'allez pas essayer de leur chercher des histoires pour cette affaire, dites? Parce que, je vous assure, elles étaient affolées, et quand elles m'ont raconté ça, j'ai plus ou moins promis...

— Nous n'irons pas leur chercher d'histoires si nous savons le fin mot de l'affaire. De toute l'affaire, répondit Kate intraitable.

— Donc, elles ont réussi à la mettre dans cette immense baignoire et elles ont actionné la douche. En espérant que l'eau la ferait revenir à elle, je crois. Je ne sais pas si elles pensaient vraiment que ça marcherait, mais... Je sais, tout l'épisode sent la blague d'étudiant à plein nez, du commencement jusqu'à la fin, et pas d'étudiant de troisième cycle — mais nous n'avons pas mis de drogue ni d'autre saleté dans son verre.

— Et ensuite? demanda Kate.

— On s'est un peu affolés. J'ai suggéré qu'on déclare la soirée terminée, et chacun est parti de son côté.

— La plupart des participants persuadés que Janet Mandelbaum s'était payé une bonne cuite et qu'elle cuvait sa vodka en se prélassant dans une baignoire.

— Quelque chose dans ce goût-là, je pense, répondit Howard.

— Sympathique, comme sous-entendu. Et c'est alors que vous avez décidé d'appeler Luellen.

— Les lesbiennes, je ne peux pas les voir, avoua

Howard. Elle m'avait dit qu'elle était en procès pour avoir le droit de garder ses enfants, et moi je suis d'avis que les lesbiennes ne devraient pas élever d'enfants. J'avais eu une belle prise de bec avec elle et ça m'était resté en travers de la gorge.

— Et vous vous êtes dit, on va rire. Impliquons Luellen dans l'affaire ; ça va lui attirer des ennuis, et pour Janet ce sera le comble : se retrouver avec une lesbienne ! De quoi faire des gorges chaudes pendant des semaines. Je me trompe ? demanda Kate.

— J'admire votre façon de condenser les choses, dit Penny.

— Quand l'avez-vous eue, cette « prise de bec » avec Luellen ? demanda Kate.

— Oh, il y a déjà pas mal de temps. J'étais venu rendre visite à cet ami commun, et elle était là, justement. Ils échangeaient de vieux souvenirs. Je ne sais plus comment la discussion a commencé, mais elle a vite tourné à l'aigre. Bon sang, elle mettait tout sur le dos des hommes, tout ce qui cloche et tout ce qui est moche, et moi je lui ai volé dans les plumes. Ce genre de bonnes femmes m'horripile. Voilà, c'est tout. J'ai appelé Luellen depuis Warren House et je lui ai dit que l'une de ses sœurs était en fâcheuse posture.

— Et ça ne vous a fait ni chaud ni froid de la voir voler comme ça au secours de quelqu'un ?

— Bof, dit Howard. C'est comme ces pauvres bougres des romans policiers qui se font attirer par les méchants dans des lieux déserts.

— Y a-t-il quelqu'un au secours de qui vous n'hésiteriez pas à voler ? s'enquit Andy, candide. C'est juste pour ma culture générale.

— Lui ? Il volerait au secours de Clarkville, déclara Lizzy. C'est évident. Si un jour quelqu'un veut tendre un piège à Howard, c'est facile. Il suffit de lui annoncer que Clarkville a besoin de lui. L'important est de savoir que dire, c'est tout.

— Sauf qu'il y a une différence, fit observer Penny.

— Dans le détail de laquelle nous n'entrerons pas, je vous en conjure, dit Kate. Croyez-vous que les Red Sox aient des chances de remporter la coupe cette année ?

— À Harvard, rappela Andy, c'est du dernier match contre Yale qu'on discute. Qui se soucie des Red Sox ? Franchement, Kate !

CHAPITRE DIX

Le doyen chez qui Janet avait habité était pressé de voir libérer son appartement afin de lui trouver un nouvel occupant, mais, comme Sylvia en informa Kate, le frère de Janet avait demandé un délai d'une quinzaine de jours encore. Kate apprit la nouvelle avec des sentiments mitigés. D'un côté, tel le doyen, elle s'impatientait ; de l'autre, elle trouvait savoureux de voir le frère de Janet tenir la dragée haute à Harvard et refuser de faire confiance à cette honorable institution pour empaqueter les affaires de Janet et les expédier à sa famille. Mais après tout, il était dans son droit. Ce délai, qui les mènerait à la fin février, n'avait rien pour déplaire à John Cunningham. Comme il l'avait expliqué à Kate, les détectives qu'il avait engagés poursuivaient leurs recherches. Kate pour sa part éprouvait cette angoisse propre aux situations qui appellent un dénouement rapide et dont l'issue finale est sans cesse remise à plus tard. Moon avait été, grâce à Cunningham, remis en liberté sous caution. Il ne s'en trouvait pas pour autant lavé de tout soupçon, même si son flegme naturel, Kate le constatait avec joie, lui interdisait de se ronger les sangs.

Avec Luellen, hélas ! les choses n'étaient pas si faciles. Déçus par les résultats de leur enquête sur Moon, c'est sur elle que les policiers reportaient désormais leurs espoirs. Et Kate, résignée à affronter les piques et les accusations acerbes, se forçait à rendre visite au café de la rue Hampshire. Même si elle pouvait se flatter d'avoir, par ses interventions répétées, retenu la police de prendre à l'égard de Luellen des mesures qui ne s'imposaient pas, Kate ne se voilait pas la face : elle était trop gâtée par la vie pour que la jeune femme ne nourrît pas de ressentiment envers elle. Ce qui ne l'empêchait pas de trouver excessive cette tendance qu'avait Luellen à la rejeter dans le même panier que les gens de Harvard lors de ses complaintes rituelles.

— Si seulement vous acceptiez que je vous procure un avocat, répétait Kate pour la vingtième fois, prête à essuyer le refus non moins rituel.

— Oh ! Je sais, Madame a ses bonnes œuvres. Mais un avocat, c'est pas donné, et je ne pourrai même pas m'en offrir un pour mon divorce, alors... En plus, ça m'avancerait à quoi ? C'est pas moi qui l'ai tuée, votre bonne femme, je n'ai jamais fait de mal à une mouche — pas besoin d'un avocat pour le dire. Si seulement ils voulaient me fiche la paix, tous, un peu !

Assise à la table voisine, Joan Theresa écoutait en silence et tentait de rasséréner Luellen. Il n'y avait pas de quoi se mettre dans ces états ; la police se contenterait sans doute de la harceler un mois ou deux et puis tout se tasserait ; on ne l'avait même pas arrêtée, après tout, alors qu'on avait arrêté Moon. Le ton tranquille de Joan Theresa détendait un peu l'atmosphère. Un rayon d'espoir se glissait dans la salle, impalpable, et jamais le petit café n'avait tant mérité son enseigne mélancolique. Seule Jocasta restait imperturbable, Jocasta qui, bannie de la salle, attendait Kate à la porte pour la fêter sans arrière-pensée.

Un beau jour enfin, Sylvia, dont le talent pour tirer les ficelles tenait de la prestidigitation, eut la joie d'annoncer à Kate que le frère de Janet venait d'arriver, qu'il avait gagné l'appartement afin d'organiser le déménagement et qu'il y attendait Kate. Il avait accepté de lui laisser jeter un coup d'œil, du moins — la clause était implicite — sous son étroite surveillance. C'est ainsi qu'un matin, au tout début de mars, Kate alla frapper à la porte de l'ancien appartement de Janet.

Un homme lui ouvrit, jovial et sans complexes, Kate le perçut d'emblée à la main tendue vers elle : une grosse patte velue, lourde, à peine préhensile.

— Entrez, Kate, entrez, je vous en prie. Appelez-moi Bill. Je peux vous appeler Kate, n'est-ce pas, même si vous êtes un grand professeur ? Ma sœur aussi en était un, après tout. Pour le bien qu'elle en a retiré... Vous non plus, vous n'êtes pas laide, je vois. Alors, dites-moi un peu, qu'est-ce que des jolies femmes comme vous sont allées faire avec ces grosses têtes, j'aimerais le savoir ?

— Oui, je vous en prie, appelez-moi Kate, répondit Kate qui s'efforçait, depuis quelque temps, de s'accoutumer à cette mode d'appeler les gens par leur prénom.

Il tombait sous le sens que ce Bill faisait partie des hommes oursons, de ceux qui quêtent toujours des caresses, variété pour laquelle Kate n'avait que condescendance. Tôt ou tard, cette grosse patte allait finir sur son épaule — ce qui ne manqua pas d'arriver. Comment le même lit avait-il pu produire une Janet et un Bill ? Encore un des mystères de l'existence, l'un des plus répandus mais non moins saisissants. En fait, songea Kate soudain, dans une certaine mesure, Bill expliquait Janet.

— Je sais que vous voulez jeter un coup d'œil aux affaires de cette pauvre Janet avant que je mette tout ça en caisses, lui dit Bill. On me l'a expliqué au téléphone — un monsieur de Boston ou peut-être de Harvard, haut placé dans la justice. Je n'aime pas trop l'idée de laisser quelqu'un qui n'est pas de la famille mettre le nez dans ses affaires mais, je sais bien, elle est morte dans des circonstances peu ordinaires. Par quoi voulez-vous commencer ?

Kate se dégagea le plus poliment possible de cette patte envahissante.

— Je ne fouillerai pas plus que nécessaire, promit-elle d'une petite voix sage. Nous pouvons faire ensemble l'inventaire de ses objets personnels, si vous voulez. Pour tout vous dire, ce que j'aimerais surtout, c'est pouvoir me faire une idée de... de la vie qu'elle menait ici. Si j'ai bien compris, tout a été laissé en l'état après son départ ce jour-là — le matin de sa mort ou la veille au soir. Tout est resté tel quel, à part la poussière en plus et l'odeur de renfermé.

Bill ouvrit une fenêtre.

— Bon sang, oui. J'allais aérer, justement. Vous avez vu tous ces bouquins ? ajouta-t-il en indiquant les rayonnages qui couvraient un mur. On ne peut pas dire qu'ils aient fait son bonheur, pas vrai ?

— On ne peut pas dire le contraire non plus, se contenta de répondre Kate.

C'était toujours la même chose : chaque fois qu'il

arrivait malheur à un grand amateur de livres, il se trouvait quelqu'un pour faire remarquer que tous ces volumes sur leurs étagères n'avaient même pas fait mine de porter secours à leur propriétaire.

— Moi, reprit Bill, sentencieux, on ne m'ôtera pas de l'idée que si elle avait eu une vie normale, une vraie vie de femme, tout ça ne serait pas arrivé. Je n'ai rien contre les femmes qui travaillent, notez bien, mais je dis qu'elles doivent faire passer d'abord leur foyer et leurs enfants. Et je suis d'avis qu'une femme qui n'a pas d'enfants manque le meilleur de la vie. Vous n'êtes pas d'accord?

— Étant moi-même sans enfants, je peux difficilement vous dire oui. Ce serait avouer avoir manqué le meilleur de la vie, répondit Kate d'un ton qu'elle espérait léger.

— Ah! Pardon.

— Je serais tentée de dire que Janet avait fait ses choix. Peut-être que la voie choisie s'est révélée difficile à suivre après coup, mais élever des enfants n'est pas toujours si simple.

— Ce qu'il y a, voyez, c'est qu'elle tenait tellement à devenir un grand professeur! Ensuite, quand elle a été nommée à Harvard, on était tous impressionnés à la maison. Vous savez, Janet n'était pas faite pour le mariage et, quand elle s'est mariée, elle n'a rien trouvé de mieux que d'épouser un Juif. Je n'ai rien contre les Juifs, notez bien, mais on sait comment ça s'est terminé. Moi, si une de mes filles se mettait en tête d'épouser un Juif, je verrais rouge, je n'ai pas peur de le dire. Chacun chez soi, le mariage est bien assez dur comme ça.

— Vous n'avez peut-être pas tort, dit Kate. (Elle avait lu récemment que c'était ainsi que Mencken mettait fin aux discussions marécageuses.) Vous permettez que je fasse un petit tour dans l'appartement en essayant de réfléchir ?

— Peut-être qu'à la cuisine vous n'avez pas à réfléchir tant que ça ? On pourrait commencer par là. Je ne voudrais pas passer des heures ici, moi ! J'ai du boulot qui m'attend.

— Je m'en doute, dit Kate. Navrée de vous importuner. Permettez-moi seulement de faire un tour à la cuisine et je vous y laisserai le champ libre. Vous pourrez emballer les casseroles et les ustensiles, ça vous va ?

La pièce resta muette. Ce n'était jamais qu'un simple prolongement du séjour — l'idéal pour recevoir des amis. Et Kate, qui ne cuisinait guère, vit au premier coup d'œil que cette cuisine suréquipée n'avait pas trouvé en Janet un occupant à la hauteur. Le réfrigérateur ne contenait qu'un carton de lait tourné, un demi-pot de yaourt et deux ou trois denrées de base en provenance, nota Kate, de l'épicerie chic du quartier. Ni la cuisine ni le séjour ne trahissaient la venue d'un visiteur. Certes, toute trace avait pu être effacée, mais la conviction de Kate était faite. L'isolation phonique du lieu laissait à désirer. Sortir un cadavre de cette maison sans être vu eût relevé du tour de passe-passe ; Janet n'était pas morte ici. Tout juste si elle y avait vécu.

— Triste endroit, n'est-ce pas, dit Bill comme s'il lisait dans ses pensées. Pas trace de vie.

Ils passèrent au salon et Kate se tourna vers les livres. La police, lui avait dit Cunningham, avait fouillé la bibliothèque afin de vérifier que rien n'était caché là, ni derrière les volumes, ni entre les pages, poison ou lettres de menaces. Les ouvrages avaient retrouvé leur place sans rien révéler et, à l'inverse de Bill, Kate trouvait cette bibliothèque étrangement peu fournie. Les professeurs de littérature tendent à amasser les ouvrages comme les coques de bateaux les berniques. La librairie est à l'universitaire ce que le bar est à l'ivrogne : c'est plus fort que lui, il faut qu'il entre et qu'il consomme. Mais curieusement ces rayonnages n'évoquaient rien de cette soif insatiable. Certes, Janet possédait une jolie collection d'ouvrages sur le XVIIe siècle ; mais c'étaient surtout des volumes anciens, sans doute apportés dans ses bagages. Quelques-uns seulement semblaient plus récents, des ouvrages reçus pour avis critique apparemment. À coup sûr, rien n'évoquait l'exubérance un peu folle des rayonnages d'un passionné de livres, mais peut-être les signes d'une vie intellectuelle, de ceux qui résistent à la mort, se trouvaient-ils dans la chambre voisine, dont Janet semblait avoir fait sa pièce de travail ?

Sans mot dire, Kate franchit la porte. L'endroit était aussi mort. La machine à écrire somnolait sous sa housse. Deux corbeilles contenaient des articles et des lettres : des articles à lire, des lettres en attente d'une réponse. Kate connaissait le système. Les universitaires, semblait-il, se rangeaient en deux catégories : ceux qui se souciaient peu de méthode et qui se contentaient de faire d'énormes piles sur leur bureau et ailleurs, mêlant joyeusement le courrier lu et les lettres non ouvertes, dans l'attente du jour lointain où ils auraient enfin « un peu de temps pour trier tout ça » ; et ceux qui, comme Janet et elle, s'efforçaient d'endiguer le désordre, non seulement en procédant à de subtiles distinctions dans les piles mais surtout en s'y attaquant régulièrement, le plus souvent possible, sans les laisser monter trop haut. Là encore, Kate fut intriguée. Janet avait du retard dans son courrier, elle le constata en le feuilletant rapidement, sous le regard vigilant de Bill. Lettres de recommandation, lettres exigeant une réponse rapide — à la date de sa mort, Janet s'était laissée amplement déborder. Ce n'était pourtant pas son genre. Sans doute avait-elle été prise de court par un surcroît de travail. Repartir de zéro à un poste nouveau était toujours très prenant. Mais curieusement, constatait Kate en ouvrant tour à tour les tiroirs du bureau, il n'y avait pas non plus trace de travail en cours, ou fort peu. Les universitaires, pourtant, surtout productifs comme Janet, ont pratiquement toujours au moins un ouvrage en chantier.

Kate se figea, pensive. Et si Janet avait été tuée par quelqu'un qui s'était approprié un manuscrit à elle avec l'intention de le faire passer pour sien? L'hypothèse semblait improbable, mais c'était la première qui n'impliquait ni Moon ni Luellen et elle en prit note mentalement. Quelqu'un comme Howard Falkland n'était-il pas capable de tout?

Aucun courrier parvenu après la mort de Janet ne semblait figurer là. Sans doute avait-il été réexpédié directement à la famille, après inspection des services de police. Kate en demanda confirmation à Bill. Il acquiesça d'un grognement. Il s'était nettement renfrogné; Kate ne s'occupait pas assez de lui.

— Bon, passons à la chambre, dit-elle en ouvrant la voie.

Les enquêteurs avaient défait le lit, puis replié draps et couvertures sans le refaire. Ce dont Kate leur sut gré. Le lit n'avait rien révélé, pas plus que l'armoire à pharmacie. Cette dernière contenait, outre les articles usuels, un flacon de comprimés de phénobarbital, à peine entamé; l'ordonnance avait été délivrée récemment. Le reste de la chambre frappait par son ordre parfait.

Un livre était posé sur la table de chevet ; un seul. Là encore, Kate s'étonna. Elle se serait attendue à un honnête fatras de lectures de détente : à défaut de magazines ou de romans récents, de la science-fiction peut-être, ou l'un de ces essais sur la culture moderne comme il en fleurissait dans les vitrines des libraires, voire un ouvrage de critique littéraire.

Le volume en question — le seul livre de la pièce — semblait à peu près neuf. Il s'intitulait gravement *George Herbert et les poètes religieux du XVIIe siècle*. Kate jeta un coup d'œil à la date de parution. 1978. Deux ans déjà. Curieux. Apparemment, Janet semblait ne l'avoir acheté ou reçu que depuis peu. Peut-être songeait-elle à l'utiliser pour ses cours. Kate le feuilleta rapidement et le livre s'ouvrit de lui-même à la page 69. La reliure avait été forcée légèrement, de manière à permettre au volume de s'ouvrir à plat à cette page. La double page ne comportait qu'un poème : « Love (III)[1]. » Le chiffre en indice renvoyait à une note que Kate se mit en devoir de lire. C'était une citation de la Bible : « Heureux ces serviteurs que le maître, en arrivant, trouvera en train de veiller ! Je vous le dis en vérité, il se ceindra, les fera mettre à table et, passant de l'un à l'autre, il les servira (Luc, 12.37). »

Le regard de Kate revint au poème. Elle l'avait sans doute déjà lu, mais depuis si longtemps... L'indication (III) signifiait sans doute qu'il s'agissait là de la troisième version du poème.

— Me permettriez-vous de prendre ce livre ? demanda-t-elle à Bill. J'aimerais avoir un souvenir de Janet ; je vous dédommagerai de sa valeur, il va sans dire.

Bill réfléchit une minute.

— Entendu, dit-il enfin, puis un soupçon lui vint. Il n'y a rien d'écrit dedans, au moins ? Rien de personnel ?

— Pour autant que j'aie pu voir, non. Vérifiez vous-même.

Il prit le livre qu'elle lui tendait, l'inspecta, n'y décela rien de suspect. Il le lui rendit avec un hochement de tête. Kate rédigea un chèque en arrondissant à la hausse le prix marqué ; le prix des livres augmentait vite.

— Merci, dit-elle en tendant le chèque. Et merci de m'avoir laissé regarder. C'était généreux à vous.

— C'est la moindre des choses, répondit-il, retrouvant sa jovialité.

Kate descendit l'escalier que Janet avait emprunté une dernière fois trois semaines plus tôt. Janet. Pour avoir rencontré son frère, il semblait à Kate la comprendre mieux.

CHAPITRE ONZE

— Si je vous ai demandé de venir, chère Kate, déclarait John Cunningham le lendemain, c'est que ces détectives que vous m'avez prié d'engager ont enfin trouvé quelque chose. Découverte purement négative mais non dépourvue d'intérêt.

Kate ouvrait de grands yeux et attendait la suite.

— J'espère, enchaîna-t-il, que vous serez d'avis que la dépense en valait la peine. C'est en tout cas une excellente maison. L'un des agents que nous avons mis sur l'affaire a été naguère un universitaire distingué, docteur en philosophie, jusqu'au jour où il a, comme il dit, décidé de vivre à plein temps au lieu de réfléchir sur la vie. J'ai pensé que pour cette affaire il serait en territoire connu. J'ai mis Harvard au courant. Inutile d'aller au-devant des ennuis.

— Et Harvard n'y a vu aucune objection, je suppose.

— Disons que j'ai été très clair. Je suis un ancien de leur fac de droit — un de ceux dont ils n'ont pas à rougir — et l'un de leurs plus généreux donateurs. Mais revenons-en à la nuit du drame, celle qui a précédé la découverte du corps de Janet Mandelbaum à Warren House. Cette nuit-là, il s'est révélé qu'un certain nombre d'étudiants du campus avaient décidé de faire la fête toute la nuit. Ne me demandez pas ce qu'ils fêtaient, j'ai complètement oublié, mais ça n'a pas grande importance. Il y avait donc des étudiants partout ; certainement bourrés, ou défoncés, ou speedés, mais notre expert estime impensable qu'on ait pu transporter à Warren House un cadavre sans se faire remarquer de ces joyeux noctambules. Oui, je sais, ajouta-t-il en stoppant du geste l'objection qu'il sentait venir. Je sais. J'ai émis la même réserve : étant donné les mœurs et l'état présumé des témoins, comment être bien certain qu'en effet la chose aurait été remarquée ? Comment ? Eh bien, je vais vous le dire.

— Dites, le pressa Kate.

— Il se trouve que deux étudiantes ont passé des heures, cette nuit-là, emmitouflées sur les marches même de Warren House. Découvrir ce détail n'avait rien d'évident. Il a fallu un peu de chance et beaucoup de flair à notre limier, lequel a eu le trait de génie de vérifier si des plaintes avaient été déposées pour tapage nocturne ce soir-là. Or tel avait été le cas, à deux ou trois reprises qui plus est, de la part de deux jeunes femmes résidant à Weld. De drôles d'oiseaux, ces deux filles. Leur histoire vaut d'être racontée. Vous savez qu'à Harvard, pour l'attribution des chambres à deux, on demande aux étudiants de remplir une fiche avec souhaits et bêtes noires : ne supporte pas la fumée, n'écoute que de la musique punk, casse la croûte à deux heures du matin, etc. Pas très engageant, comme procédé, mais nous ne sommes plus concernés, Dieu merci. Bref, ces deux filles étaient les seules dont les fiches proclamaient : recherche le silence, déteste le bruit et la musique rock, désire travailler en paix et ainsi de suite. Pensez si l'ordinateur s'est empressé de les loger dans la même chambre ! Naturellement, elles n'ont pas tardé à devenir la légende de Weld House : les deux qui réclament toujours le silence. Quoi qu'il en soit, le soir qui nous intéresse, ces deux-là ont fini par renoncer à essayer de dormir. Elles sont d'abord allées faire une partie de billard et elles ont passé le reste de la nuit dans l'un des rares coins tranquilles, sous le porche de Warren House, à discuter paisiblement. Elles sont catégoriques : nul n'aurait pu entrer dans le bâtiment à leur insu, et moins encore y apporter un cadavre. Elles sont restées là jusqu'à ce que le campus reprenne sa vie diurne, et notre détective en déduit que le corps n'a pas pu être apporté dans la nuit. Sans nous donner de certitudes formelles, ce constat nous permet au moins de tirer une conclusion.

— Laquelle?

— Franchement, Kate, qu'est-ce qui vous arrive? Je vous ai connue avec l'esprit plus vif. La conclusion est que Janet Mandelbaum, à peu près sûrement, a trouvé la mort à Warren House même. Clarkville a découvert son corps en début de matinée. Mon détective fait une remarque très juste : pour transporter un cadavre, il faut prendre une voiture, parcourir les rues, entrer dans le campus, que ce soit par la rue Quincy ou Prescott — personne ne s'y risquerait. Il est convaincu qu'en tout état de cause personne ne s'y est risqué. Ce qui signifie que Janet Mandelbaum est entrée d'elle-même à Warren House et qu'elle y est morte. Non que cela nous avance beaucoup, à vrai dire, étant donné le nombre de personnes qui disposent des clés. Mais cela suggère du moins certaines pistes, il me semble.

— Pas fameux pour le département d'anglais, reconnut Kate.

— Je ne vous le fais pas dire, conclut Cunningham.

Cette fois encore, Kate appela depuis la cabine du hall de l'institut. Clarkville était dans son bureau, il sortait de réunion. Oui, il serait ravi de voir Kate, il l'attendrait dans l'ancien salon de Warren House.

Le Clarkville qui l'attendait se révéla inédit. Ce n'était ni le découvreur de cadavres, ni le phoque assoupi attendant placidement la fin d'une conférence, et pas non plus le brillant spécialiste du roman victorien censé fasciner les foules, mais un homme corpulent à la force tranquille et au charme évident. Comme il arrive souvent lorsqu'on s'est fait de quelqu'un une image de monstre, Kate avait l'heureuse surprise de découvrir que le personnage était un homme après tout.

— Une sale affaire, tout de même, disait-il. Une sale et triste affaire. Vous n'en savez toujours pas plus, j'imagine ?

— Très peu, dit Kate. J'espère que vous ne m'en voulez pas pour le rôle que je joue. Ils ont arrêté quelqu'un, mais je suis à peu près certaine de son innocence.

— Pourquoi vous en voudrais-je ? dit-il. Après tout, c'est moi qui vous ai appelée, le matin où je l'ai découverte. Il me semble donc tout à fait légitime que vous suiviez cette enquête de près.

— Je voulais vous parler d'une hypothèse concernant le décès de Janet. Je crois que c'est à Warren House même qu'elle est morte. Je ne pense pas que son cadavre y ait été apporté après coup, parce qu'il aurait été à peu près impossible d'effectuer ce transfert sans être vu. De plus, pourquoi l'apporter là si elle avait trouvé la mort ailleurs?

— Je vois, dit Clarkville. En quoi puis-je vous être utile?

— Pour commencer, en me disant, en toute franchise et sans rien omettre, ce qui s'est passé ici dans la soirée précédant sa mort. Pour vous encourager à ne rien laisser dans l'ombre, je me permettrai de me livrer à un peu de chantage. Jusqu'ici, dans cette affaire, le département d'anglais de Harvard a été traité avec d'incontestables égards. Vous êtes d'ailleurs le seul professeur titulaire avec qui j'aie eu des contacts. Mais si nous ne parvenons pas à faire éclater la vérité, permettez-moi de vous mettre en garde : le département en entier se trouvera impliqué. À l'inverse, si nous avons accès aux faits et pouvons découvrir ce qui s'est passé en réalité, il est certain que ce sera bien moins gênant pour tout le monde. Nous pourrions même épargner à certains membres du département l'ennui et la perte de temps des interrogatoires de police.

— Qu'est-ce qui vous porte à croire que je sois disposé à vous révéler ce qui s'est passé la veille de la mort, ou que j'en sois capable?

— Disons pour le moment que, puisque vous m'avez fait part de la découverte du corps, vous pourriez trouver normal que je vous fasse part, de mon côté, de mes vues sur l'affaire.

Clarkville se leva et se mit à arpenter la pièce.

— Le problème, voyez-vous, dit-il, c'est le risque d'engrenage. Une vérité mène à une autre, et toute vérité n'est pas bonne à révéler, si vous voyez ce que je veux dire.

— Je le vois très bien, mais entendons-nous : pour

garder un secret, lorsque secret il y a, et digne d'être gardé, mieux vaut deux ou trois personnes bien informées qu'un grand nombre de personnes ignorant tout et commettant gaffe sur gaffe. Parce qu'il ne faut pas se mettre la tête sous l'aile : s'il y a enquête de police, les enquêteurs ne feront pas dans la dentelle. Et je serai pour ma part tenue de leur révéler tout ce que je sais et ce que je soupçonne.

— Ce que vous n'avez pas encore fait.

— Pas encore. Commençons par la veille de sa mort. Personne n'a encore songé à s'interroger sur ce point. Comment s'est déroulée la dernière demi-journée précédant sa mort?

— Cet après-midi-là, nous avons eu une réunion du département.

— Ici même?

— Oui. Au fond du couloir, dans la salle habituelle. Elle a duré un certain temps. Tout le département n'était pas concerné, bien sûr, seulement les professeurs titulaires donc Janet naturellement.

— S'est-il produit quelque chose, au cours de cette réunion, dont vous pensez...? Je ne veux pas parler à votre place.

— Nous avons surtout discuté recrutement et promotions. C'est presque toujours l'ordre du jour dans ce genre de réunion, je suis certain qu'il en est de même chez vous. Nous allons devoir engager deux ou trois maîtres assistants pour la rentrée prochaine. Nous avons discuté des postes à pourvoir, et le président a fait savoir qu'à nouveau on nous priait de mettre au programme du département des *women's studies*. Notre président n'apprécie pas spécialement cette idée et, comme je vous l'ai dit, la plupart d'entre nous ne voyons là qu'une mode qui passera. Mais le fait est que Harvard s'est mis au diapason et a lancé un programme de *women's studies*, de sorte que le département d'anglais peut difficilement refuser de jouer le jeu de son côté. Le président était d'avis de laisser cet enseignement à qui voudrait bien s'en charger. Quelqu'un a suggéré d'engager à cet effet une jeune chargée de cours que le projet tenterait, mais un autre — l'un des, euh, l'un de nos collègues progressistes en la matière — a dit qu'il n'était pas d'accord : pourquoi toujours confier ce genre de cours à des maîtres assistants ? Pourquoi ne pas en charger, pour une fois, un professeur titulaire ? À ce moment-là, tous les regards se sont plus ou moins tournés vers Janet.

Clarkville se tut. Kate attendit. Il n'en avait pas terminé, c'était clair ; pourtant il ne poursuivait pas.

— Alors ? finit par demander Kate.

— Alors, elle s'est... (Il cherchait la formule adéquate.) Elle a un peu pris la mouche. Elle a dit qu'il n'y avait aucune raison pour qu'on lui colle cette corvée sur le dos ; que sa spécialité, c'était le XVIIe siècle ; que s'il existait sur Donne, ou Marvell, ou Milton un point de vue spécifiquement féminin elle n'était pas au courant, etc. Vous imaginez la scène. En un mot, elle jugeait la suggestion complètement loufoque. (À nouveau, il marqua un silence.) Voilà. C'était un peu embarrassant, bien sûr, ne serait-ce que parce que nous n'avons pas l'habitude des scènes, en tout cas pas dans ce style, mais bon, tout aurait été oublié en cinq minutes si nous étions passés à autre chose. Mais à ce moment-là, l'un de nos collègues a répondu à Janet : « Vous oubliez que si vous êtes ici, professeur Mandelbaum, c'est précisément grâce aux ardents supporters de ces *women's studies*. On peut donc se demander ce qui vous autorise à prendre ce ton dédaigneux. Il tombe sous le sens que ces programmes spécifiques sont une absurdité pure. Comme le sont, depuis quelque temps, toutes ces mesures en faveur des femmes dont on nous rebat les oreilles. Comme le sont tant d'autres choses de nos jours depuis que le gouvernement se mêle de diriger les universités et tout le reste. Mais à partir du moment où nous vous avons sur le dos, il semble que le moins que vous puissiez faire est de nous décharger de ce problème. »

Kate en resta muette une seconde.

– Comme dirait une jeune journaliste que j'ai rencontrée récemment, wouah !

– Oui, avoua Clarkville. C'est le commentaire approprié. Comme vous vous en doutez, nous étions tous navrés qu'il ait fait cette sortie. Il est connu pour son conservatisme assez extrême – je suis désolé, c'est un non-sens, rien ne saurait être « assez extrême », ce doit être la fatigue – mais bref, le tact n'est pas ce qui le caractérise. D'ailleurs, ce n'était pas seulement un manque de tact, c'était une idiotie. Après tout, nous avions tous approuvé la commission dans son choix d'une candidate peu susceptible de croire à ces *women's studies*. En quoi nous avions peut-être tort, d'ailleurs, tout bien pesé. Janet s'est mise à pleurer. Oh, très doucement, je dois dire, et malgré elle, à l'évidence. On sentait qu'elle aurait donné cher pour ne pas pleurer. Les hommes ne pleurent pas en public, eux, et encore moins lors d'une réunion de département. Je dois dire que c'était vraiment...

– Embarrassant, suppléa Kate.

– Oui. Très. Aucun de nous ne savait que faire, nous espérions plus ou moins qu'elle allait quitter la pièce. Mais elle ne bougeait pas, elle restait assise là, le visage baigné de larmes. Pour finir, le président a suggéré d'ajourner la séance et nous avons tous accepté. Elle était là qui pleurait et nous sommes tous sortis les uns après les autres. J'ai songé à rester, je l'avoue, mais je ne savais même pas si c'était ce qu'elle souhaitait. Voilà, acheva Clarkville. Aucun de nous ne devait la revoir vivante. Plus personne ne l'a revue vivante, apparemment. Sauf bien sûr l'assassin.

— Et rien de tout cela n'a été dit à la police?

— La police nous a fort peu interrogés, vous savez. Si cela peut vous rassurer, j'estime que nous nous sommes mal conduits. Tous. Très mal. Mais nous n'avons pas l'habitude d'avoir des femmes pour collègues et qui plus est, telle que je la connaissais, elle était bien la dernière que j'aurais crue capable d'une chose pareille, pleurer devant tout le monde au milieu d'une réunion.

Il y eut un long silence que Kate finit par rompre :

— Professeur Clarkville, une question. C'est la dernière fois que vous l'avez vue vivante, mais ce n'est pas la dernière fois que vous l'avez vue, n'est-ce pas? En dehors du moment où vous l'avez trouvée morte dans les toilettes pour hommes, j'entends.

— C'est-à-dire? demanda Clarkville.

— C'est-à-dire que je crois savoir, ou plus exactement je sais — et les secrétaires savent aussi — que vous êtes allé dans le bureau du président ce matin-là. À mon avis, c'est là que vous l'avez trouvée.

Il y eut à nouveau un long silence.

— Comment le savez-vous? s'enquit enfin Clarkville.

— Simple déduction logique. Les toilettes pour hommes ne m'ont jamais paru un endroit très plausible, et nous savons que le corps a été déplacé après la mort, et même après que la rigidité cadavérique eut commencé à survenir, si survenir est le terme adéquat. Pourquoi avoir placé le cadavre dans les toilettes ? L'endroit n'est pas dépourvu de logique à la réflexion. Du moins si ma thèse est exacte. La mort par empoisonnement au cyanure provoque des convulsions violentes. Sous l'effet de la douleur, le corps devait avoir les jambes repliées, comme en position assise, de sorte que le placer sur un siège de toilettes ne semblait pas une idée absurde, alors que sa présence dans le bureau du président semblait désigner ce dernier comme le suspect numéro un. Pour finir, qu'est-ce qui me fait songer que vous l'avez trouvée dans ce bureau ? Là encore, je me contente de le deviner. Les hypothèses les plus simples sont souvent les meilleures. Vous l'avez trouvée là, vous l'avez déplacée, vous avez « découvert » le corps. Ce que j'ignore totalement, en revanche, c'est la raison pour laquelle elle a trouvé la mort dans ce bureau. Toujours selon mes suppositions, ce n'est pas vous l'assassin. Pourquoi ? Parce que vous êtes un homme intelligent et qu'il me semble improbable que vous ayez tué, que ce soit dans ce bureau ou ailleurs. Mais après avoir déplacé ce cadavre vous ne vous êtes pas senti aussi serein que vous l'auriez souhaité et, si vous m'avez appelée, moi, et non pas seulement la police, c'est pour pouvoir tester votre version des faits sur quelqu'un, quelqu'un qui serait aussi bouleversé que vous. Un peu cavalier, dirons-nous, ou tout au moins pas très galant.

— J'ai tout de suite vu qu'elle était morte, avoua Clarkville. Comme vous l'avez dit vous-même, le corps s'était raidi plus ou moins en position assise. Ma première pensée a été qu'il fallait la sortir de là. J'ai bien songé aux toilettes pour dames, qui présentaient l'avantage de suggérer une réédition de l'incident précédent, sans compter que je n'aurais pas eu à descendre le corps au rez-de-chaussée. Mais les secrétaires allaient arriver, je ne pouvais pas leur infliger ce choc. Les toilettes pour hommes semblaient plus indiquées. Ensuite, croyez-le ou non, si je vous ai appelée c'est qu'il me semblait décent de prévenir quelqu'un qui se souciait d'elle. Je ne voyais personne d'autre, et on m'avait dit que vous étiez amies.

Le ton était celui de la raison raisonnante, mais Kate sentait percer la peur.

— Amies, plus ou moins, dit Kate. Plus ou moins.

— J'espère que vous ne croyez pas que je l'ai tuée.

Kate fit la sourde oreille.

— Celui qui l'a tuée, dit-elle, était avec elle dans ce bureau et l'a forcée à avaler cette capsule avec une boisson. Il a fait disparaître ensuite toute trace de ce geste. C'est seulement pour Sherlock Holmes que les assassins ont le bon goût de laisser ici et là des bribes de tabac. Vous n'avez rien nettoyé, rien enlevé, à part le corps ?

— Grands dieux, non. Juste son sac à main que j'ai mis avec elle. Je n'avais qu'une idée, et tant pis si elle n'est pas très noble : enlever le cadavre de là. Je me disais : si on la trouve ici, nous aurons des ennuis à n'en plus finir. Je sais, ce n'est pas une réaction qui m'honore. C'est bizarre, d'ailleurs, conclut Clarkville, songeur, comme l'esprit fonctionne vite et clair dans l'urgence.

— J'imagine, enchaîna Kate, qu'ici c'est comme dans mon université à New York : une même clé ouvre toutes les portes ?

— Oui, confirma Clarkville. Il est question d'y remédier, d'ailleurs. Trop de chapardage.

— Feriez-vous quelque chose pour moi ?

— Si c'est en mon pouvoir, oui. Allez-vous rapporter à la police ce que je viens de vous dire ?

— Pas tant que ce ne sera pas nécessaire. Ce que je voudrais, c'est jeter un coup d'œil au bureau de Janet. On m'a dit que la police venait d'ôter les scellés pour que le département puisse en disposer à nouveau. Pourrais-je y faire un tour rapide avant qu'on le nettoie ?

— Naturellement, répondit Clarkville en se levant de son fauteuil. Elle avait son bureau à Widener. Ils vous laisseront entrer sans problème. Je vous attends ici, si vous le permettez. Quand vous en aurez fini, repassez me voir, nous partirons ensemble. Je serais curieux de savoir ce que vous aurez trouvé et j'aurai plaisir à vous raccompagner chez vous. C'est idiot, peut-être, mais franchement je ne supporterais pas qu'une autre de mes collègues ait des problèmes ici, quels qu'ils soient.

— Merci, dit Kate, prenant les clés qu'il lui tendait.

Elle plongea ses yeux dans ceux de Clarkville. Il lui demandait de revenir ; ce pouvait être un piège. Rien n'excluait qu'il fût un malade, un maniaque, un assassin. Mais Kate en doutait. Elle prendrait donc ce risque. Il sortit dans le couloir et fit jouer un interrupteur pour éclairer l'escalier. Chemin faisant, Kate passa devant les toilettes pour dames ; c'était là, songea-t-elle, que tout avait commencé.

Le bureau de Janet, contre toute attente, semblait plus habité, plus vivant, que ne l'avait paru son appartement. Parmi les ouvrages qui traînaient, certains pouvaient même être des lectures de plaisir. Tout donnait à penser qu'elle avait dû passer là de longues heures — à attendre, peut-être, ou à travailler. Kate s'assit au bureau et regarda autour d'elle. Un livre était posé sur le sous-main, en cours de lecture sans doute : la vie d'Eleanor Marx, par Yvonne Kapp (volume II). D'autres biographies et quelques ouvrages récents s'empilaient ici et là dans la pièce, mais sur le bureau celui-là était le seul. Ce n'était pas le genre de lecture que Kate aurait spontanément attribuée à Janet. Pas plus qu'elle n'aurait vu Janet lire autre chose, dans son bureau, que des ouvrages strictement en rapport avec ses travaux. Cette pièce était-elle pour elle un refuge, une sorte de havre, l'endroit où attendre de bonnes nouvelles, l'arrivée d'événements heureux? Mais c'était divaguer, sans doute. Kate se rappela à l'ordre. On pouvait seulement en conclure que Janet avait dû travailler ici davantage et y mettre plus d'elle-même que dans son appartement-dortoir.

Clarkville l'attendait dans son bureau ouvert.

— Je me suis permis de prendre un livre dans ses affaires, annonça Kate. Pensez-vous que je puisse le garder? Je suis prête à le payer, j'ai déjà acheté un autre livre que j'ai trouvé chez elle. J'ai pris celui-ci parce que j'aimerais savoir pourquoi Janet s'intéressait à Eleanor Marx.

— Gardez-le, je vous prie, dit Clarkville. D'Eleanor Marx je ne sais pas grand-chose, sinon qu'elle avait traduit *Madame Bovary*. C'est d'ailleurs la traduction dont se servent la plupart de mes étudiants. À priori, je n'aurais pas cru Janet susceptible de s'intéresser à Eleanor Marx. Que nous connaissons donc mal notre prochain, au fond!

— J'y pense, dit Kate. À propos de connaître son prochain, que savez-vous au juste d'Howard Falkland? C'est un de vos étudiants, je le sais, mais le connaissez-vous plus particulièrement?

— C'est-à-dire ? demanda Clarkville d'un ton quelque peu tranchant.

— C'est-à-dire, articula Kate en le regardant droit dans les yeux, serait-il capable, le cas échéant, de renforcer d'une dose de vodka la boisson d'une personne peu habituée aux alcools forts, si vous lui en aviez soufflé l'idée ?

L'espace d'une minute, il la contempla d'un regard fixe. Puis il éteignit les lumières et la rejoignit sur le perron.

— Howard Falkland est un imbécile, dit-il en descendant les marches.

CHAPITRE DOUZE

Kate passa la journée du lendemain entre les murs de son bureau. Elle lut beaucoup, elle réfléchit, elle arpenta la petite pièce. À la mi-journée, s'accordant une pause et un peu plus d'espace, elle s'offrit une balade dans les rues de Cambridge. Mais le printemps tout proche encombrait les trottoirs de promeneurs. Remonter la rue Brattle relevait du slalom, même pour une personne seule, et Kate finit par renoncer. Elle retourna à ses lectures — un roman, deux biographies, et l'ouvrage rapporté de chez Janet, celui qui contenait les poèmes de Herbert. Elle savait désormais par cœur le poème intitulé « Amour », et elle avait recherché dans l'ouvrage les autres poèmes de Herbert, dans l'espoir de déceler si Janet les avait spécialement étudiés. Mais seul le poème « Amour », semblait-il, avait fait l'objet d'une attention particulière. Pourtant, comme elle feuilletait l'ouvrage une fois de plus, au hasard, sans but précis, son regard tomba soudain sur un détail qui lui avait échappé : sous le dernier poème de Herbert annoncé à la table des matières figurait une inscription à la main, un autre titre apparemment : « Espoir. » Aucun numéro de page, bien sûr, ne figurait en regard, le recueil ne contenant pas cette œuvre. Mais Janet avait porté cet ajout avec tant de minutie qu'il semblait à première vue faire partie de la page imprimée.

Pour la seconde fois de la journée, Kate déserta son bureau ; mais ce n'était ni pour flâner, ni pour méditer, ni pour prendre l'air. D'un pas si rapide qu'elle en courait presque, elle parcourut le kilomètre qui la séparait de la bibliothèque Hilles et s'engouffra dans la bâtisse familière. Elle avait appris à l'aimer, cette bonne vieille bibliothèque Hilles. D'abord, sauf en période d'examen, on y jouissait d'une paix royale, même s'il y manquait un peu cette atmosphère de passion, de fièvre et de dérision qui caractérisait Lamont, repaire attitré des étudiants de Harvard. Et puis, Kate connaissait à présent comme sa poche les salles et les rayonnages de Hilles. Elle s'élança droit vers le rayon des poètes anglais. Il lui fallait un recueil des poèmes de Herbert, ancien ou récent, peu importait. Il en existait plusieurs éditions, et Kate eut bientôt découvert ce qu'elle cherchait : Herbert avait bien écrit un poème intitulé « Espoir ».

Elle s'assit à une table, lut et relut le poème. Elle le copia sur un bout de papier emprunté à un étudiant, faute d'avoir songé à en prendre, tant elle avait fait vite. Puis elle remit le recueil en place et se rendit droit chez Moon. À cette heure de l'après-midi, il devait être chez lui. Moon lui offrit une bière et consentit à parler de Janet.

— Tu crois tenir une piste ? demanda-t-il. Écoute. J'aimerais pouvoir te rendre l'argent de cette caution. J'aimerais savoir combien je dois à Cunningham et le régler, quitte à emprunter. J'aimerais en finir avec ce cours que je me suis engagé à donner et filer d'ici vite fait. Étant donné que tu es mon unique chance de voir mes vœux exaucés, je te parlerai de Janet tant que tu voudras. Simplement, il faut que je sache où tu veux en venir. Essaie de comprendre, Kate. Je l'avais perdue de vue depuis près de vingt ans. L'indice qui t'indiquera pourquoi on l'a tuée, et qui a pu la tuer, ce n'est pas dans mes pauvres souvenirs fumeux que tu vas le trouver. Bien franchement, mes souvenirs, dix minutes après le divorce ils commençaient déjà à s'embrumer.

— Sa famille, tu la connaissais ? Qu'en pensais-tu ? J'ai rencontré son frère l'autre jour et l'expérience m'a suffi.

— Je t'avouerai que sa famille n'occupait pas le premier plan de mes pensées, ni des siennes d'ailleurs, sauf erreur. J'avais accepté le mariage à l'église — ils avaient bien assez de mal à admettre qu'elle épouse un Juif. Mais elle ne cachait pas que ce mariage religieux était la dernière concession qu'elle faisait à leurs idées. Elle avait beau ne pas être femme à se délester facilement de ses anciennes convictions, à l'époque de notre mariage elle avait fait la part des choses entre son enfance et la réalité. Au fond, c'est même sans doute pour cela que nous nous sommes mariés.

— À ton avis, elle avait eu une enfance heureuse ?

— Que je sache, pas du tout. Mais elle avait toujours espéré qu'un jour, d'une manière ou d'une autre, elle prendrait sa revanche sur cette enfance manquée. Qu'elle recevrait une compensation, qu'elle en serait dédommagée. L'ennui, c'est qu'avec une famille comme la sienne, vous pouvez toujours devenir la meilleure étudiante de la fac ou décrocher des diplômes, tout ce qu'elle trouve à dire c'est : « Alors, quand est-ce que tu te maries ? » Se marier, elle n'y tenait pas tellement, je crois. Mais elle tenait à leur prouver qu'elle le pouvait, comme tout le monde. Et elle ne voulait pas épouser un homme dans leur style. C'est pourquoi je faisais l'affaire, j'imagine, moi qui ne rêvais que de coucher avec elle et qui ne pouvais y avoir droit qu'en lui passant la bague au doigt. Quelle connerie tout de même que les années 50 !

— Moon, reprit Kate après que chacun d'eux se fut remémoré un instant les sottises et les charmes des années 50. D'après ce que tu savais de Janet, estimerais-tu plus probable qu'on l'ait tuée par haine personnelle, pour ce qu'elle était, ou plutôt pour sa fonction, pour ce qu'elle représentait ?

— Tu veux savoir si on l'a supprimée parce qu'elle était Janet, ou parce qu'elle était quelqu'un comme Janet ? C'est ça, ta question ? La connaissant, à tous les coups, j'opte pour la seconde solution. Je ne crois pas une minute que quiconque ait pu la tuer pour se venger d'une offense quelconque. Non, je crois qu'on l'a tuée pour la place qu'elle occupait, pour ce qu'elle symbolisait. Ce qui tend à prouver que ce n'est pas moi l'assassin, comme tu l'as déjà deviné et comme tu vas bientôt le démontrer.

— Tu veux que je te dise ? Tu n'aimes pas Henry James, je sais, et pourtant tu incarnes une qualité que son héros favori, Strether, dans *Les Ambassadeurs*, admirait plus que tout : l'art inaccessible de prendre les choses comme elles viennent.

— Je n'ai jamais dit que James manquait d'intuition. Je le trouve juste un peu verbeux, et sa syntaxe est trop tortueuse à mon goût. C'est vrai que je prends les choses comme elles viennent, c'est bien ce qui m'opposait à Janet. Tu sais ce dont elle rêvait, au fond ? D'être un agent du destin. De collaborer avec lui. Elle se voyait remplir quelque mission grandiose confiée à elle par Dieu le Père — ou son équivalent. Si Janet aimait tant le XVIIe siècle, c'est qu'à l'époque Dieu se manifestait et disait « Fais-moi confiance, mon enfant », ou quelque chose dans ce goût-là.

— Moon, est-ce que tu lui avais parlé de la guerre ? De ce que tu avais ressenti là-bas ?

— Oh oui ! C'étaient même nos meilleurs moments : ceux où nous échangions nos souvenirs d'enfance et de prime jeunesse. Alors nous nous sentions très proches, c'est là que nous nous comprenions le mieux, je crois. Les ébats conjugaux, je te l'ai peut-être déjà dit, elle n'y tenait pas spécialement. Mais parler longuement, se confier, elle aimait bien ; et en même temps se blottir dans mes bras. Pour tout t'avouer, j'ai dans l'idée que ce genre de séances me faisait plus de bien à moi qu'à elle...

— J'ai une dernière question à te poser. Réfléchis avant de répondre. Prends ton temps.

Et Kate lui posa sa question.

Pour finir, elle se rendit à Boston et soumit à Cunningham ses toutes dernières trouvailles. Trois jours plus tôt, d'un commun accord, ils avaient décidé de remercier les détectives. Ces derniers avaient accompli un excellent travail, même si leurs découvertes s'étaient toutes révélées négatives. Kate avait fait observer à John que c'était là l'une des plus grandes erreurs de l'humanité : méconnaître les vertus du négatif.

— Je m'explique, avait poursuivi Kate sans se laisser émouvoir par l'air implorant de Cunningham. Nous sommes tous prêts à applaudir lorsque quelqu'un fait quelque chose, même si ce quelque chose se révèle par la suite être la bêtise du siècle, mais qui aura l'idée d'applaudir lorsque quelqu'un ne fait pas quelque chose, évite de le faire ? Silence complet. Pas d'applaudissements. Même si c'était en effet la dernière chose à faire.

Cunningham avait répondu que ce genre de digression était à réserver strictement aux heures non ouvrables.

— Vous êtes pire que ma femme, avait-il conclu. C'est toujours en plein boulot qu'elle me présente les requêtes des enfants, parce qu'elle est sûre que je dirai oui.

Mais il avait accepté de rencontrer Kate en dehors de ses précieuses heures de travail. Bien mieux, il avait convenu de l'emmener dîner chez *Locke-Ober* — non sans l'accuser d'aimer ce restaurant parce que, comme à Harvard, on n'y admettait les femmes que sous certaines réserves et pas absolument partout. Kate avait nié avec la dernière énergie. Ce qu'elle y aimait, c'étaient les épinards à la crème et les manières reposantes des serveurs, tous âgés, courtois et un peu durs d'oreille.

— Si j'ai accepté le choix de ce restaurant, annonça Cunningham sitôt qu'ils eurent pris place, c'est uniquement parce qu'on y reste à table si longtemps que vous devriez pouvoir venir à bout de tout ce que vous avez à me dire. L'affaire de Mr. Mandelbaum sera examinée mercredi en huit. J'espère qu'il n'a pas l'intention de nous faire faux bond. J'aimerais mieux ne pas avoir à expliquer à Reed que je vous ai laissée dilapider la cagnotte conjugale en cautionnant un individu qui s'est volatilisé.

— Je vous promets que Moon ne partira pas pour Pago Pago.

— Pour ça, je suis tranquille aussi. Même lui doit savoir que Pago Pago est une possession américaine et que, par conséquent, il n'y serait pas à l'abri d'un mandat d'arrêt. Je ne comprendrai jamais comment on peut dépenser des fortunes, littéralement des fortunes, pour l'éducation des femmes, quand on sait que pour finir elles ignoreront la géographie la plus élémentaire. Vous boirez quelque chose ?

— Par mesure de représailles, dit Kate en parcourant la carte des vins, je prendrai un vouvray, Clos de Nouys, 1971. C'est un demi-sec, je sais, mais je sais aussi que cette année-là il est sorti de l'ordinaire, et moi aussi, de temps à autre, j'aime sortir un peu des vins secs. Simple question d'inspiration.

— Bien. Mais vous prendrez sûrement un scotch en préambule. Deux scotches, s'il vous plaît, dit Cunningham à l'adresse du serveur. Le même que d'habitude. Et mettez ce vin au frais pour nous. Oh, et mettez-en deux bouteilles, voulez-vous ? Tout me porte à croire que nous sommes ici pour un certain temps.

— John, je sais que vous avez un *a priori* contre les femmes qui font carrière, mais est-ce une raison pour jouer les tyrans — vous aussi ? Serait-ce que quelque chose vous tracasse ?

— Vous voudriez me voir serein, peut-être ? Vous vous apprêtez à me dire qu'un honorable professeur de Harvard a assassiné une collègue parce qu'il ne tolérait pas l'idée d'une femme haut placée dans son propre département. Je vais me retrouver avec toute l'administration de Harvard sur le dos. Je vais devoir défendre l'existence d'une chaire qu'un crétin a fondée. Les mœurs spéciales de l'inculpé ne manqueront pas de faire l'objet d'une polémique, et nous devrons écouter des experts discuter gravement de la question de savoir si l'homosexualité masculine implique ou non un penchant à trucider les femmes. Et vous voudriez que j'affiche un profil serein?

— Si je comprends bien, d'après vous, c'est Clarkville qui a fait le coup?

— Pas du tout. Mais d'après vous. Vous m'avez dit, au téléphone, qu'elle était morte dans le bureau du président.

— Exact. C'est là qu'elle est morte. Et Clarkville a déplacé le corps. Qu'il eût aimé la tuer, je n'en doute pas un instant, ou tout au moins l'idée a dû lui traverser l'esprit plus d'une fois mais il n'en a rien fait. Il n'en a eu ni l'occasion, ni les moyens, ni vraiment le mobile.

— Juste ciel, quel soulagement ! Vous ne croyez donc pas que c'est Clarkville le coupable. Et ce n'est pas non plus un autre professeur, n'est-ce pas? Rassurez-moi : vous ne me délivrez pas d'une perspective odieuse pour m'en ouvrir une autre tout aussi effroyable?

— Malheureusement, il faut reconnaître que c'est bien un professeur de Harvard qui l'a tuée. Et cela, un seul d'entre eux pouvait le faire.

— Ah? fit Cunningham sans la quitter des yeux et tout en commandant, d'une main frénétique, un second scotch au serveur qui croisait au loin. Oui?

— Janet elle-même, acheva Kate. L'occasion, les moyens, le mobile. Elle avait tout. Y compris un petit coup de pouce, de la part de tout Harvard, mais oui — et l'assistance d'un poète plutôt distingué, défunt lui aussi, un dénommé Herbert.

Lorsque le vouvray arriva, Cunningham avait retrouvé un début de sérénité ou semblait entrevoir, en tout cas, qu'une gueule de bois ne s'imposerait peut-être pas pour faire face au lendemain.

— Expliquez-vous, Kate. Dites-moi tout. Je vous offre deux dîners et cinq bouteilles de chacun de leurs vins, si vous parvenez à me convaincre de ce que vous avancez là.

— Commençons par le commencement, dit Kate. (John émit un gémissement qu'elle feignit de ne pas entendre.) Pourquoi avoir fait de Moon le suspect numéro un ? Je suis bien placée pour savoir qu'il y a peut-être une chance sur un million pour que le malheureux tue quelqu'un, et surtout cette pauvre Janet, mais pour la police, bien sûr, c'est encore une chance de trop. Après Moon, évidemment, ils ont pensé à Luellen May. Ce qui est venu compliquer les choses, c'est la présence de pas mal de gens qui n'avaient rien à faire dans le tableau. Des gens comme Moon et moi, par exemple, qui avions connu Janet autrefois, si bien qu'on pouvait penser que nous étions là à cause d'elle. La présence de Moon ici était pure coïncidence, mais le moyen de le prouver ? Quand de surcroît il s'est révélé qu'il était en possession de cyanure... Quant à Luellen May, la police l'avait trouvée aux côtés de Janet lors de l'affaire de la baignoire — c'était assez pour la rendre suspecte elle aussi. Pour ma part, délaissant le passé, proche ou lointain, je soupçonnais plutôt Clarkville, ou un quidam à sa solde, un exécuteur de basses œuvres. J'aime bien ce terme, exécuteur de basses œuvres — pas vous ? Un reste de mes saines lectures d'enfant. Bon, bon, d'accord. Pour tout dire, c'est Howard Falkland que je soupçonnais d'avoir été le bras armé de Clarkville en l'occurrence, mais ce pouvait être l'un ou l'autre de ces professeurs que je ne nommerai pas et qui gardaient un profil bas.

— Kate, je suis prêt à vous suivre, mais vous avez intérêt à étayer votre récit de faits concrets assortis de preuves. Il commence à rendre le même son que ces contes à dormir debout que les policiers ne trouvent jamais drôles, même à leurs heures de mansuétude.

— J'y viens, cher ami, j'y viens. Un peu de patience. Où en étais-je ? Ah, oui, à mes suspects. Il y avait donc eu d'abord l'incident de la baignoire. En l'occurrence, Howard Falkland s'était conduit comme l'idiot qu'il est, mais sans la moindre intention criminelle. Il s'était contenté de doper d'une bonne dose de vodka le Campari d'une femme peu habituée aux boissons fortes. Mais ce qu'il ignorait, c'était qu'elle se bourrait de phénobarbital. Les tranquillisants dernier cri — antidépresseurs, neuroleptiques, anxiolytiques et autres joyeuses substances —, elle n'y croyait pas. Mais elle s'autorisait ce qui en tenait lieu dans sa jeunesse, une honorable drogue ayant pignon sur rue, méchamment sédative mais bien meilleur marché. Notez, au passage, que le phénobarbital est mortel à haute dose, alors qu'il est nettement plus difficile de s'infliger une overdose avec les tranquillisants plus récents.

— Mais dans ce cas, j'aimerais qu'on m'explique : pourquoi ne pas avaler trois ou quatre comprimés en trop et tirer sa révérence sur une note un peu plus discrète ? Pourquoi le cyanure, pourquoi le bureau du président ?

— N'essayez pas de me bousculer. J'essaie moi-même d'y voir plus clair. Vous n'êtes pas obligé de m'écouter raisonner à voix haute, bien sûr. Je peux garder mes réflexions pour moi.

— Parce que vous croyez que j'ai le choix ? Il aurait fallu d'abord que je refuse de me charger de l'affaire. Continuez, je vous écoute.

— Donc, le petit épisode de la baignoire plaquée acajou de Warren House se résume à un cocktail simple : alcool plus phénobarbital, les deux à dose sans doute légèrement supérieure à la normale. Pour couronner le tout, Howard Falkland, qui se croyait en pleine séance de bizutage, a cru bon d'appeler une femme qu'il savait féministe convaincue et lesbienne. Résultat : pour Janet, un choc monstrueux ; pour Luellen, de gros ennuis. Si bien qu'au fond, à mes yeux, Falkland est un assassin, de fait sinon d'intention. Je soupçonne l'incident d'avoir ébranlé Janet de manière irréversible. Perdre les pédales en public, se retrouver au poste de police en compagnie d'une femme aux mœurs douteuses, du moins à ses yeux, c'était assez pour la terroriser, assez pour lui infliger un traumatisme irréparable. Elle était déprimée, elle a touché au désespoir. C'est dans cet état de détresse qu'elle a fait appel à moi. Ou plus exactement, elle m'a fait transmettre son appel au secours. Quand je l'ai revue pour la première fois, une chose m'a frappée, moi qui pourtant n'ai pas fait preuve de beaucoup d'intuition dans l'affaire : elle était terriblement seule. Nulle part elle n'avait plus d'amis, nulle part elle ne s'intégrait plus. C'était le sens de cet appel qu'elle nous lançait, à Sylvia et moi. Oui, j'y viens dans un instant : je vais vous expliquer qui est Sylvia. Mais nous n'avons pas répondu à son attente. Au lieu d'abonder dans son sens, au lieu de la traiter en vaillant soldat et de lui dire : « Hardi, tiens bon, ils finiront par reconnaître tes mérites », nous lui avons fait valoir qu'elle incarnait la cause des femmes. Ce qui n'était pas faux, bien sûr, mais d'un piètre réconfort pour elle qui avait, justement, toujours cherché à rejoindre les rangs des hommes, elle pour qui la cause des femmes était un concept creux qui n'avait jamais eu, n'aurait jamais de sens.

— Et que vient faire ici cette Sylvia inconnue de moi ?

Kate expliqua qui était Sylvia.

— Quand Janet a été désignée pour cette chaire, Sylvia a immédiatement détecté, avec son flair de politicienne, les périls de ce poste en point de mire. Elle s'est doutée qu'une foule de personnes seraient ravies de tendre des pièges à Janet et a résolu de faire tout son possible pour parer au danger. Selon vous, combien en existe-t-il, en gros, de généreux donateurs susceptibles de financer des chaires réservées aux femmes ? Non, ne répondez pas. Je déteste vous entendre dire des grossièretés.

— Donc, après l'affaire de la baignoire, la dépression de Janet s'est aggravée ?

— Et même très vite. J'ai commencé à mesurer le degré de son désespoir le jour où j'ai visité son appartement. Un désert. Elle n'avait même pas essayé d'en faire un coin à elle. À croire qu'elle savait que ce n'était pas la peine, qu'elle n'y serait jamais chez elle. Et puis, sur son chevet, ce livre qui s'ouvrait de lui-même sur un poème de Herbert. Je n'avais pas relu les poètes du XVIIe siècle depuis que j'ai cessé d'enseigner la littérature générale — déjà, à l'époque, nous n'avions guère de temps pour Herbert — si bien que j'ai abordé ce poème d'un regard neuf, comme on devrait toujours aborder un poème. Si j'osais, je dirais que Janet aussi devait l'aborder d'un regard neuf, c'est bien ce qui le rendait si fort. Dans l'ouvrage qui avait fait sa réputation universitaire, Janet affirmait qu'on devait lire Herbert comme le lisaient ses contemporains, et non comme nous le lisons à présent. Pourtant, je crois que ces derniers temps elle le lisait comme si l'encre était à peine sèche. En tout cas, il est clair qu'elle le recevait de plein fouet, dans toute sa force émotionnelle.

Kate se tut un instant, but une gorgée de vouvray et reprit :

— Dans ce poème de Herbert, intitulé « Amour », un homme que taraude le sentiment de son indignité est invité par le Christ à s'asseoir à sa table, et servi par ce dernier en personne. Bien entendu, ces vers se prêtent à nombre d'interprétations. Non, pas d'affolement, je n'essaierai pas de les énumérer. Mais l'idée qui m'est venue, après réflexion, c'est qu'on peut y voir une invite à la mort. Une invite à rejoindre le Christ au paradis, et à s'y rendre par le biais d'un repas. Une consommation de la mort, en quelque sorte. Merci de ne pas soulever d'objections, j'ai moi-même repoussé l'hypothèse en m'accusant de divagation.

Cunningham ravala ce qu'il s'apprêtait à dire.

— C'est alors, poursuivit Kate, que je me suis souvenue d'une certaine conversation fumeuse que j'ai eue, à Dunster — à la cafétéria —, avec un étudiant qui me disait avoir consulté Janet au sujet d'un poème de Herbert évoqué par Simone Weil. Pour m'informer, j'ai donc lu une biographie récente de Simone Weil, à la recherche d'indices. J'y ai découvert que Simone Weil avait recopié ce poème de sa main ; qu'elle disait avoir ressenti, ce faisant, la présence même du Christ auprès d'elle. Simone Weil, cher ami, au cas où vous m'accuseriez de vous jeter à la tête une féministe de plus, est l'un des plus brillants philosophes de ce siècle, qui a œuvré toute sa vie pour les brimés, les torturés, les trahis. Elle-même s'identifiait à la misère du monde, aux persécutés, à toute souffrance en général, sauf peut-être à celle qu'elle avait connue dans son être.

— Et elle s'est suicidée?

— Peut-être. Elle est morte de faim à une époque où beaucoup de gens mouraient de faim, durant la Seconde Guerre mondiale. Je crois qu'elle est morte, en partie, faute de s'être trouvé un lieu où souffrir. L'important est de se rappeler qu'elle a été l'un des plus grands esprits de ce siècle. J'espère qu'à présent vous la situez sans peine, parce que je vais faire intervenir encore un certain nombre de défuntes, héroïnes de romans ou personnes bien réelles, aussi tenez-vous prêt.

Mais John Cunningham, en homme avisé, se gardait bien de protester ou même d'ironiser.

— Après avoir établi que Clarkville avait déplacé le corps, j'ai demandé à voir le bureau de Janet. J'ai découvert une pièce à vivre, comme on dit dans les magazines, ou en tout cas plus vivante que son appartement. C'était l'évidence. Pour elle, le salut — s'il venait — viendrait de là. Elle était en train de lire une biographie d'Eleanor Marx.

— Eleanor Marx? Surprenant, non?

— J'ai trouvé aussi que ça cadrait mal, et c'est ce qui a frappé Clarkville. Pour en savoir plus long, j'ai lu moi-même cette biographie. Eleanor Marx s'est suicidée au cyanure, alors appelé acide prussique. Personne, sauf peut-être l'unique amie avec qui elle correspondait, ne l'avait sue déprimée. Mais il y a mieux, annonça Kate tandis que Cuningham lui resservait un doigt de vin. Eleanor Marx avait traduit *Madame Bovary* dont l'héroïne se suicide en absorbant de l'arsenic, destiné théoriquement à tuer des rats. Eleanor, elle, avait affirmé vouloir empoisonner un chien. C'était la fille de Karl Marx.

— De l'arsenic, murmura Cunningham. Mais Janet a choisi le cyanure. Se procurer de l'arsenic est pourtant plus facile.

— Très juste, sauf que Janet disposait déjà de ce cyanure. Elle l'avait depuis des années. Elle l'avait chipé à Moon au temps de leur mariage — il le lui avait montré. Elle n'en avait pris qu'une ou deux capsules, apparemment. Je pense qu'elle a dû en absorber deux, au cas où le poison aurait perdu de sa virulence avec le temps.

— Mais des barbituriques n'auraient-ils pas mieux fait l'affaire — son cher phénobarbital ?

— Ils auraient agi plus en douceur, c'est certain. Mais le cyanure présente deux caractéristiques irremplaçables, qui lui valent sa faveur auprès des espions et des forces armées : il agit vite, et de manière irréversible. Pas de retour en arrière, pas de sauvetage possible.

— Mais pourquoi avoir avalé le cyanure dans le bureau du président ?

— Je n'ai pas de certitude, uniquement des suppositions. Tout me porte à croire qu'il s'agissait d'un geste symbolique, peut-être une manière de vengeance. Le président, ce jour-là, lui avait retiré tout espoir. Et justement, d'après mes recherches, il y avait un autre poème de Herbert auquel Janet songeait spécialement, un poème intitulé « Espoir ». Le poète y suggère qu'il avait eu foi en l'espoir, qu'il en avait beaucoup attendu. Le dernier vers est un cri de rage autant que de désespoir : « Ô Passant ! Plus jamais n'offrirai de cadeau. J'espérais un anneau. » Bon, je vous l'accorde, hors contexte, c'est peut-être un peu sibyllin, mais le sens est très clair : c'est un renoncement. Et puis, si elle était morte dans son bureau, on ne s'en serait peut-être pas aperçu avant qu'une femme de ménage ne la découvre. Et cette pensée, pour Janet, était sans doute insoutenable, parce que ce détail soulignait ce qui faisait à ses yeux l'échec même de sa vie : personne ne souffrirait de sa disparition. Je ne vous ai pas rapporté ce qui s'était passé lors de la dernière réunion avec ses collègues, la veille de sa mort. Mais ce sera pour une autre fois. L'anecdote illustre surtout l'état de détresse — nerveuse et morale — dans lequel elle était plongée.

— Et vous avez demandé à Moon si elle avait pu lui subtiliser une ou deux de ces capsules ?

— Je lui ai posé la question. Il se rappelait clairement les lui avoir montrées. Il parlait souvent de la mort, à l'époque, je me souviens. Il en avait vu de dures, pendant la guerre, dans le Pacifique. Il a même reconnu, avec son honnêteté peu commune, avoir songé que peut-être elle aurait l'idée de lui en chiper. Mais il s'était dit qu'après tout chacun a le droit de mourir, que Janet n'avait vraiment pas l'ombre d'une tendance suicidaire, que le suicide au cyanure lui ressemblait encore moins. Mais les êtres changent au fil des années. Et Janet était de ceux qui vont toujours au bout de leurs actes. Sa résolution prise, plus rien ni personne n'aurait pu l'empêcher de se tuer. Telle Eleanor Marx, telle Emma Bovary ou Simone Weil, elle entendait bien ne pas être sauvée. J'aime à songer qu'elle est morte persuadée qu'elle se rendait à un banquet divin, mais j'avoue que je n'y crois pas. Ce genre de foi avait sa place à l'époque de Herbert, elle était celle d'êtres comme Herbert. Mais pour mon confort moral, je veux croire qu'elle y croyait.

CHAPITRE TREIZE

Sa mission accomplie, à mi-parcours du semestre, Kate se retrouvait libre d'user à sa guise des deux mois qui restaient. Elle se consacra tout entière à la préparation de sa conférence, prévue pour le mois de mai. En pensée, elle dédiait ce travail à Janet. Herbert avait écrit : « Qui aurait cru que mon cœur flétri reverdirait un jour ainsi ? » Kate sentait le sien se faire léger avec le retour des beaux jours, mais sa gorge se nouait à la pensée que Janet ne reverrait plus le printemps.

En mai, lorsque vint le jour de la fameuse conférence, dans l'auditorium d'Agassiz House, Kate discourut gravement des nouvelles formes de fiction à la disposition des femmes soucieuses de dépeindre la destinée féminine. (« Je ne viendrai pas, avait prévenu Moon, je refuse de t'écouter théoriser sur le structuralisme et autres constructionnismes ». Mais il était venu quand même.)

— Et maintenant, que fais-tu ? demanda Sylvia à Kate, après la conférence. Tu restes ici à concocter de nouvelles formes de fiction sur la destinée féminine ?

Une fois de plus, du fond de leurs fauteuils devant

les portes-fenêtres, elles regardaient les bateaux sur le fleuve, et les étudiants épars comme pâquerettes sur l'herbe de la berge.

— De toute manière, répondit Kate, je reste ici jusqu'à la cérémonie des diplômes. À cause de ma nièce, tu sais bien. Non que l'idée de rencontrer le restant de la famille m'enchante. Mais je n'aurai pas à m'asseoir aux côtés de mon très cher frère, Clarkville a eu le bon goût de me réserver un siège parmi les professeurs. Cela dit, il ne lui est pas venu à l'idée que je puisse avoir besoin de deux places. Peu importe. Leighton me plaît bien. Je sens qu'elle deviendra quelqu'un, cette petite.

— Cette pauvre Janet ne sera pas parmi nous, rappela Sylvia, les yeux sur le fleuve. Aucun de nous n'est innocent, en fait. Nous l'avons tenue à l'écart, ou laissée à l'écart si tu aimes mieux. Nous ne lui avons pas offert la chaleur d'un groupe. Seule la mort lui a ouvert les bras.

— Je ne sais pas pourquoi, dit Kate, mais j'ai l'impression que Harvard mesure tout de même un peu sa responsabilité dans l'affaire. C'est bizarre, mais dans un sens je dirais que nous comprenons mieux Harvard, toi et moi, que bien des gens qui vivent ici à longueur d'année. Comme l'a dit Kipling — du moins, je crois que c'est lui : « Qui ne connaît que l'Angleterre connaît bien peu l'Angleterre. » Si ces messieurs de Harvard ouvrent les yeux à cette évidence, Janet ne sera peut-être pas morte en vain.

— Oh, mais elle n'est pas morte en vain, j'en suis certaine. Ces messieurs du département d'anglais croyaient pouvoir dire ouf, ils s'imaginaient que l'alerte aux femmes était passée, que l'enseignement supérieur était enfin à l'abri du péril féminin. Je doute qu'ils continuent sur le même ton, ou qu'ils fassent un choix aussi malheureux la prochaine fois.

— Parce qu'il y aura une prochaine fois ?

— Absolument, assura Sylvia. La donation est toujours valable.

— Ah ? Je n'aurais pas cru. Encore que, mon Dieu, ce soit une bonne nouvelle. Tu as remarqué ? Depuis quelque temps, j'en appelle à Dieu à tout propos. L'influence de Herbert, sûrement.

— Sûrement. En tout cas, au contraire, la mort de Janet a incité le généreux donateur à redoubler d'efforts. Il se pourrait qu'il y ait, d'ici peu, deux chaires réservées à des femmes. Et Harvard ne tordra pas le nez sur deux millions de dollars, tu peux être tranquille sur ce point.

— Aurai-je le droit de savoir un jour qui est ce mystérieux donateur ?

— Pourquoi pas ? Tu le mérites. Mais tu ne devras le dire à personne, parce que la seule chose qui pourrait l'effaroucher, c'est bien la publicité. Elle ne veut surtout pas qu'on sache que les femmes aussi l'intéressent. Son fonds de commerce, ce sont les hommes.

— Elle ? Tu veux dire la personne en question ? Son fonds de commerce ? Je ne comprends rien à ce que tu racontes.

— C'est pourtant simple. Le donateur, c'est une vieille dame cousue d'or, propriétaire d'une équipe de base-ball. Tu le savais, toi, qu'un particulier peut posséder une équipe de baseball ? Je parie que tu le savais, moi pas. Je pensais que les équipes appartenaient aux municipalités, ou à des personnes morales, mais pas à des personnes physiques. Eh bien, si. Les particuliers peuvent être propriétaires de stades et d'équipes de sport.

— Décidément, comme source d'informations, tu es vraiment imbattable. Mais ne nous égarons pas. À propos de cette bonne dame, qu'ai-je le droit de savoir encore ?

— C'est donc une charmante personne qui possède une équipe de base-ball qui lui coûte cinq millions de dollars par an. Elle s'est dit qu'elle pouvait bien lâcher un ou deux millions de plus pour le plaisir exquis d'enquiquiner Harvard. N'est-ce pas savoureux ? Il paraît qu'elle ne rate pas un match de son équipe. Matches aller, matches retour, elle assiste à tous. On dit qu'il y a trois sortes de femmes dans la vie des joueurs : leurs épouses légitimes, les filles des villes de match, et leur propriétaire.

— Qui lui a soufflé de faire don de ses millions au temple du savoir ? *A priori*, l'université ne semble pas être sa tasse de thé, et moins encore les femmes professeurs.

— Oh, des tas de gens s'y sont mis. Les millionnaires se connaissent entre eux, tu sais, et Harvard y est allé de son coup de pouce. Un million est un million, même s'il sort d'un sac à main — et même assorti d'une clause imprévue. Mais ce qui l'a décidée, semble-t-il, c'est cette réunion dont j'ai dû te parler, où les femmes de Harvard se sont rencontrées pour la première fois. À cette occasion, une Noire a pris la parole pour rappeler qu'à Radcliffe, du temps de ses études, les Noires n'étaient pas admises à loger à la cité universitaire. Alors, la dame a dit qu'elle voulait faire quelque chose pour les Noirs à Harvard. Mais ces dames ont réussi à la convaincre qu'à Harvard, depuis un certain temps, les problèmes raciaux étaient plus ou moins en voie de solution, et que le vrai problème était du côté des femmes, lesquelles étaient autorisées à payer les yeux de la tête pour étudier, mais pas à enseigner ensuite. Je crois que c'est cet argument qui l'a décidée — sans parler d'une Noire remarquable, à l'abattage extraordinaire, que je compte bien te faire rencontrer un jour.

— Je crois que je vais prendre un abonnement pour les matches de la saison, décida Kate. Par pure reconnaissance. Ce sont des choses qu'on devrait faire, de toute façon, à partir d'un certain âge.

Quelques jours plus tard, Kate et Moon se rendirent au café de la rue Hampshire, où Joan Theresa, Luellen et Jocasta les attendaient à dîner. Moon était sur le point de partir. On lui avait proposé de reprendre son cours à la rentrée, mais il avait décliné l'offre.

— Même si tu étais restée ici, j'aurais dit non, avoua-t-il à Kate.

Elle avait récupéré sa caution, mais Moon ne retrouverait pas ses capsules de cyanure. Il s'y était résigné de bonne grâce. Avec le temps, présumait Kate, le besoin ne s'en faisait plus sentir.

— Luellen m'a chargé de te poser une question délicate, dit soudain Moon, chemin faisant. Serait-ce un effet de ta grande bonté que d'accepter de témoigner en sa faveur à son procès ? Il suffit que tu déclares l'estimer adulte et responsable, et parfaitement capable d'élever ses enfants. Ce qui est le cas, ne dis pas le contraire. Plus que son ex-époux en tout cas, qui m'a l'air de ressembler plutôt à ton Howard Falkland, pour ce que j'en sais.

— Au moins, les enquêteurs ont fini par conclure qu'elle n'était pour rien dans la mort de Janet, et Dieu sait combien j'aimerais pouvoir en dire autant de nous tous.

— Kate, enfin, ressaisis-toi. L'enquête a conclu à un suicide, accepte-le une fois pour toutes. Je déteste te voir la larme à l'œil, prête à battre ta coulpe comme le pénitent que tu n'es pas et n'as pas à être. D'abord, ça ne te ressemble pas. Puis-je annoncer à Luellen que tu te porteras garante de sa bonne moralité devant le tribunal ?

— Je témoignerai en sa faveur, dit Kate d'un ton ferme. Inutile d'ajouter une victime à ce gâchis. Mais, entre nous, je suis fatiguée de tirer les marrons du feu pour ces messieurs de Harvard, alors qu'en réalité j'aurais tant plaisir à les voir tous rôtir à petit feu. Si encore ils avaient appris à dire merci ! Mais penses-tu ! Pas un mot. Pour eux, je n'existe déjà plus. S'il te plaît, ne va pas répéter ce que je te dis là. Que cela reste strictement entre toi et moi.

— Comme si tu ne savais pas qu'avec moi tes confidences n'ont rien à craindre. Pas plus que toi-même, d'ailleurs. (Moon changea sa guitare d'épaule et enlaça Kate une seconde.) Tu vas me manquer, dit-il en laissant tomber son bras. Et c'est bien tout ce que je regretterai de cet endroit. Harvard n'est décidément pas pour moi. Ravi de l'avoir constaté une bonne fois.

La soirée se révéla excellente. Kate avait accepté de renoncer à fumer contre la permission de boire du vin. C'était de bonne guerre, avait estimé Joan Theresa, et elle avait sorti une bouteille d'un vin maison dont Kate reconnut qu'il se laissait boire volontiers.

Le repas terminé, ils repoussèrent leurs chaises et, miracle entre les miracles, ne soufflèrent pas mot de Harvard.

— Je vais te chanter quelque chose, Kate, déclara Moon. Pour remplacer ta cigarette.

Il prit sa guitare et interpréta des airs inconnus d'elle. Elle aurait tout oublié le lendemain, elle le savait d'avance, mais c'était un instant de communion et c'était bon.

La nuit tombée, les adresses et adieux échangés, Moon et Kate se remirent en chemin à pied, sans hâte, côte à côte. Ils descendirent la rue Hampshire, puis la rue Cambridge, rejoignirent Broadway par la rue Maple parce que Kate avait une amie qui habitait là et qu'il semblait une bonne idée de passer devant sa maison, et de là ils décidèrent de prendre la rue Prescott afin de passer devant Warren House en manière d'adieux.

— Salut, vieille bicoque, dit Moon qui n'y avait pas mis les pieds de toute l'année.

De la rue Quincy ils gagnèrent l'avenue, et de là Harvard Square.

— J'ai ma voiture quelque part par là, au parking, dit Moon. Mais d'abord je te raccompagne chez toi.

— Tu ne pars tout de même pas maintenant pour Minneapolis, en pleine nuit ?

— Si, dit Moon, c'est bien ce que je compte faire. Si je suis fatigué, je m'arrêterai sur le bord de la route.

— Tu ne crois pas que tu ferais mieux de partir le matin ?

— Sans doute, dit Moon.

— Sylvia est à Washington. Pars plutôt demain matin. À l'aube, par exemple — pourquoi pas ?

— Pourquoi pas ? dit Moon, et il rajusta sa guitare à son épaule.

Le cru 1979 de la cérémonie des diplômes à Harvard ne fut pas le supplice que Kate avait redouté. Pour commencer, rien ne l'obligeait, contrairement aux parents de Leighton, à assister aux festivités annexes : garden-party, buffets de plein air et autres réceptions à palabrer sans fin, le petit doigt en l'air. Elle s'assit à la place qui lui était attribuée, dans un coin charmant du campus, sous les vieux arbres de Harvard, et regarda les impétrants défiler d'un pas solennel, empêtrés dans leur robe noire, suivis des professeurs très dignes. Il n'y eut que deux ou trois discours, délivrés par de jeunes diplômés, dont un entièrement en latin.

Tout en suivant le déroulement du rituel, Kate se souvint de l'anecdote qui lui avait été rapportée, et dont avaient été témoins ces grands arbres au feuillage figé au-dessus de sa tête. Lors de la même cérémonie, en 1969, un étudiant en droit avait prononcé un discours véhément, lequel déclarait en substance : « Les rues de notre pays sont en émoi. Dans nos universités, les étudiants appellent à l'émeute. Les communistes n'ont qu'un seul but, désorganiser la nation. La Russie nous menace de toute sa puissance. La république est en danger. Oui, en danger, de l'intérieur comme de l'extérieur. Il nous faut rétablir la loi, il nous faut rétablir l'ordre. Sans l'ordre et sans la loi, nous ne survivrons pas. » Une salve d'applaudissements avait ponctué ces mots et l'étudiant avait attendu le retour au calme pour enchaîner : « Ce discours a été prononcé en 1932 par Adolf Hitler. » Kate aurait donné cher pour savourer le silence qui avait suivi.

Il n'y eut pas de silence cette fois-ci, mais des applaudissements de bon ton. Puis ce fut la remise des diplômes. Leighton n'était nulle part en vue, mais Kate la verrait plus tard, à la cérémonie — plus modeste — qui suivrait à South House. En attendant, assise sous les ombrages, elle s'accordait le luxe d'un instant de fierté émue à l'égard de sa plus jeune nièce. Bien sûr, les parents de Leighton assisteraient à cette cérémonie, mais Kate relut son carton d'invitation sur lequel était inscrit : COCKTAIL. Elle était impatiente.

ACHEVÉ D'IMPRIMER SUR LES PRESSES
DE COX & WYMAN LTD. (ANGLETERRE)

Dépôt légal : janvier 1993
N° d'éditeur : 2238
Nouveau tirage : juillet 1995
Imprimé en Angleterre